A MOSCA
E OUTRAS HISTÓRIAS

Título original: *The Fly*
Copyright da tradução © Editora Lafonte Ltda. 2020
ISBN 978-65-86096-80-4

Todos os direitos reservados.
Nenhuma parte deste livro pode ser reproduzida por quaisquer
meios existentes sem autorização por escrito dos editores.

Direção Editorial   *Ethel Santaella*

REALIZAÇÃO

GrandeUrsa Comunicação

Direção   *Denise Gianoglio*
Tradução   *Otavio Albano*
Revisão   *Paulo Kaiser*
Capa, Projeto Gráfico e Diagramação   *Idée Arte e Comunicação*

```
Dados Internacionais de Catalogação na Publicação (CIP)
       (Câmara Brasileira do Livro, SP, Brasil)

  Mansfield, Katherine, 1888-1923
    A mosca e outras histórias / Katherine Mansfield ;
  [tradução Otávio Albano]. -- São Paulo : Lafonte,
  2020.

    Título original: The fly
    ISBN 978-65-86096-80-4

    1. Ficção neozelandesa I. Título.

20-38625                                      CDD-NZ823
```
          Índices para catálogo sistemático:

  1. Ficção : Literatura neozelandesa em inglês   NZ823

  Cibele Maria Dias - Bibliotecária - CRB-8/9427

Editora Lafonte
Av. Profª Ida Kolb, 551, Casa Verde, CEP 02518-000, São Paulo-SP, Brasil – Tel.: (+55) 11 3855-2100
Atendimento ao leitor (+55) 11 3855-2216 / 11 3855-2213 – atendimento@editoralafonte.com.br
Venda de livros avulsos (+55) 11 3855-2216 – vendas@editoralafonte.com.br
Venda de livros no atacado (+55) 11 3855-2275 – atacado@escala.com.br

Katherine Mansfield

A MOSCA
E OUTRAS HISTÓRIAS

Tradução
Otavio Albano

Brasil, 2020

Lafonte

SUMÁRIO

A MOSCA	7
A CASA DE BONECAS	17
LUA DE MEL	29
UMA XÍCARA DE CHÁ	39
TOMANDO O VÉU	53
O CANÁRIO	61
HISTÓRIA DE UM HOMEM CASADO	67
NINHO DE POMBOS	89
SEIS ANOS DEPOIS	113
DAPHNE	121
O PAI E SUAS FILHAS	129
TOTALMENTE CALMA	139
UMA MÁ IDEIA	147
UM HOMEM E SEU CÃO	151
UMA VELHINHA ADORÁVEL	157
SINCERIDADE	161
SUSANNAH	167
SEGUNDO VIOLINO	171

A MOSCA

"Você está bastante confortável aqui", berrou o velho Sr. Woodifield, espiando da grande poltrona de couro verde ao lado da mesa do seu amigo e chefe, como um bebê espia do seu carrinho. A conversa acabara; era hora de sair. Mas ele não queria ir. Desde que se aposentara, desde seu... derrame, a mulher e as filhas o mantinham encaixotado na casa todos os dias da semana, exceto às terças-feiras. Às terças, vestiam-no, penteavam-no e lhe permitiam passar o dia na Cidade[1]. Apesar de elas não terem a mínima ideia do que ele ia fazer por lá. Ser um estorvo para seus amigos, imaginavam elas... Bom, talvez tivessem razão. Mesmo assim, nos apegamos aos últimos prazeres como uma árvore se apega a suas últimas folhas. Então, lá estava o velho Woodifield, sentado fumando um charuto, olhando avidamente para o chefe, que mexia-se na sua cadeira, robusto, rosado, cinco anos mais velho que ele e ainda forte, ainda no controle. Fazia-lhe bem

---

1 No original: *"the City"* faz referência ao centro histórico da cidade de Londres. (N. do T.)

vê-lo assim. Com admiração e melancolia, a velha voz acrescentou: "Está confortável aqui, palavra de honra!".

"Sim, bem confortável", concordou o chefe, virando o *Financial Times*[2] com um canivete na mão. Na verdade, ele tinha orgulho da sua sala; gostava que a admirassem, especialmente o velho Woodifield. Dava-lhe uma profunda e real satisfação ficar plantado ali no meio da sala, observando aquela figura velha e frágil enrolada no cachecol.

"Acabo de mandar reformá-la", explicou, como havia feito nas últimas semanas – quantas mesmo? "Carpete novo", e apontou para o brilhante carpete vermelho com grandes anéis brancos como estampa. "Mobília nova", balançando a cabeça na direção da enorme estante de livros e da mesa com pernas semelhantes a melaço torcido. "Aquecimento elétrico!" Acenou quase exultante para as cinco salsichas peroladas transparentes, brilhando suavemente na panela de cobre pendurada.

Mas ele não chamou a atenção do velho Woodifield para a fotografia do sisudo garoto de uniforme em um desses etéreos parques cenográficos em frente a nuvens de tempestades cenográficas, que se encontrava sobre a mesa. Ela não era nova. Já estava ali havia mais de seis anos.

"Há algo que gostaria de lhe contar", disse o velho Woodifield, e seus olhos embaçaram com a lembrança. "O que era mesmo? Tinha bem fresco na memória quando saí hoje de manhã." Suas mãos começaram a tremer e manchas vermelhas apareceram sobre sua barba.

---

2 Jornal britânico especializado em negócios e economia. (N. do T.)

Pobre sujeito, já está nas últimas, pensou o chefe. E, sentindo-se benevolente, piscou para o velho e disse em tom de piada: "Quer saber? Tenho um gole de algo aqui que lhe fará bem antes de você sair no frio novamente. É coisa boa. Não faria mal a uma criança". Pegou uma chave da corrente do relógio, destrancou o armário debaixo da escrivaninha e tirou uma garrafa atarracada e escura. "Isso sim é remédio", disse ele. "E o homem de quem eu comprei me contou em segredo que veio direto da adega do Castelo de Windsor."

O velho Woodifield ficou boquiaberto com o que viu. Não poderia ter se surpreendido mais se o chefe tivesse feito aparecer um coelho.

"É uísque, não é?", exclamou baixinho.

O chefe virou a garrafa e, carinhosamente, mostrou-lhe o rótulo. Sim, era uísque.

"Você sabia", disse ele, olhando curioso para o chefe, "que não me deixam encostar em uma dessas em casa?" Parecia prestes a chorar.

"Ah, a esse respeito sabemos um pouco mais que as mulheres", falou o chefe, indo à mesa da jarra d'água para pegar dois copos e servindo um dedo generoso em cada um deles. "Beba. Vai lhe fazer bem. E não misture com água. É um sacrilégio adulterar algo tão bom assim. Ah!" Ele engoliu sua dose, tirou seu lencinho, limpou o bigode rapidamente e olhou enviesado para o velho Woodifield, que balançava o copo nas calças.

O velho engoliu o uísque, ficou em silêncio por um instante e finalmente murmurou: "Lembra nozes!"

Sentiu-se aquecido; o uísque rastejou até seu cérebro velho e frio – ele conseguiu se lembrar.

"Era isso", disse ele, erguendo-se da cadeira. "Achei que você gostaria de saber. As garotas foram para a Bélgica semana passada visitar o túmulo do pobre Reggie, e acabaram passando pelo túmulo do seu garoto. Estão muito próximos um do outro, ao que parece."

O velho Woodifield ficou em silêncio, mas o chefe não reagiu. Apenas um leve tremor nas pálpebras mostrou-lhe que tinha ouvido.

"As garotas ficaram encantadas com a forma como o lugar está sendo mantido", continuou a velha voz. "Cuidados primorosos. Não seria melhor se estivessem em casa. Você não passou por lá, passou?"

"Não, não!" Por várias razões o chefe não passara por lá.

"São quilômetros e quilômetros", gaguejou o velho Woodifield: "e tudo tão limpo quanto um jardim. Flores crescendo em todos os túmulos. Corredores elegantes e largos." Ficava claro pela sua voz que ele apreciava um corredor elegante e largo.

O silêncio apareceu novamente. Então o velho homem animou-se, maravilhado.

"Você sabia que o hotel fez as garotas pagarem por um pote de geleia?", exclamou. "Dez francos! Um roubo, é o que eu acho. Era um potinho minúsculo, de acordo com a Gertrudes, do tamanho de uma moedinha. Ela tinha pego somente uma colherada e já lhe cobraram os dez francos. Gertrude trouxe o pote com ela para ensinar-lhes uma lição. Achei muito certo;

ficam explorando nossos sentimentos. Acham que, só porque estamos lá de visita, estamos dispostos a pagar por qualquer coisa. É isso mesmo." E virou-se em direção à porta.

"Muito certo, muito certo!", gritou o chefe, apesar de não fazer a mínima ideia do que era muito certo. Deu a volta na escrivaninha, seguiu os passos arrastados até a porta e acompanhou o velho camarada. Woodifield partira.

Por um bom tempo o chefe ficou olhando para o nada, enquanto o contínuo grisalho, observando-o, entrava e saía de seu cubículo como um cão que aguarda pelo seu passeio. Então: "Não quero receber ninguém por meia hora, Macey", disse o chefe. "Entendido? Absolutamente ninguém."

"Muito bem, senhor."

Porta trancada, os passos firmes e pesados atravessaram o carpete brilhante, o corpo gordo desabou na cadeira de molas e, inclinando-se à frente, o chefe cobriu o rosto com as mãos. Ele queria, pretendia, planejara chorar...

Fora um choque terrível quando o velho Woodifield veio-lhe com aquele comentário sobre o túmulo do garoto. Como se a terra se abrisse e ele pudesse vê-lo deitado ali com as filhas de Woodifield olhando para ele. Porque era estranho. Apesar de seis anos já terem passado, o chefe só conseguia visualizar o garoto deitado, inalterado, imaculado em seu uniforme, adormecido para sempre. "Meu filho!", gemeu o chefe. Mas ainda nenhuma lágrima. No passado, nos primeiros meses – até mesmo anos – depois da morte do garoto, bastava-lhe dizer essas duas palavras para ser dominado por uma dor tão grande que somente um acesso violento de choro podia aliviá-lo. Tempo, afirmara à época, dissera para todos, não faria diferença. Talvez outros homens poderiam se recuperar, poderiam superar a perda, mas não ele. Como era possível? O garoto era seu único filho. Desde seu nascimento, o chefe trabalhara construindo esse negócio para ele; não havia outro sentido se o negócio não fosse para o garoto. A própria vida não tinha nenhum outro sentido. Como ele poderia ter se sacrificado, se privado de tanto, se esforçado todos esses anos sem a promessa do garoto tomar o seu lugar e continuar de onde ele parou?

E essa promessa esteve tão próxima de ser cumprida. O garoto ficara no escritório aprendendo os macetes do trabalho durante um ano antes da guerra. Começavam todas as manhãs juntos; voltavam para casa no mesmo trem. E quantas felicitações recebera por ser o pai do garoto! Era de se imaginar; ele se dedicara excepcionalmente. Quanto à sua popularidade com a equipe, nenhum funcionário se cansava do garoto, nem mesmo o velho Macey. E ele não era nada mimado. Não, era apenas brilhante e espontâneo, com a palavra certa para cada um, sua aparência de menino e sua mania de dizer: "Simplesmente esplêndido!"

Mas tudo terminara como se nunca houvesse existido. Chegou o dia em que Macey lhe entregara o telegrama que fizera tudo desabar sobre sua cabeça. "Lamento profundamente informar-lhe..." E ele saiu do escritório aniquilado, com a vida em ruínas.

Seis anos atrás, seis anos... Como o tempo passou rápido! Poderia ter acontecido ontem. O chefe afastou as mãos do rosto; estava perplexo. Algo parecia estar errado com ele. Ele não se sentia como gostaria de se sentir. Decidiu levantar-se e dar uma olhada na fotografia do garoto. Mas essa não era sua fotografia preferida dele; sua expressão não era natural. Ele parecia frio, austero. O garoto nunca se mostrara assim.

Nesse momento, o chefe percebeu que uma mosca tinha caído no seu tinteiro grande e tentava sem sucesso, desesperadamente, escalar para fora. Socorro! Socorro!, diziam aquelas patas lutadoras. Mas as laterais do tinteiro estavam molhadas e escorregadias; ela caiu novamente e começou a nadar. O chefe apanhou uma caneta, tirou a mosca do tinteiro e largou-a em um pedaço do papel mata-borrão. Por uma fração de segundo, ela ficou imóvel na mancha escura que escorria ao redor dela. E então as patas dianteiras balançaram, firmaram-se e, empurrando o pequeno e encharcado corpo para cima, começaram a hercúlea tarefa de limpar a tinta de suas asas. A pata passava ao longo da asa, em cima e embaixo, em cima e embaixo, como a pedra passa em cima e embaixo da foice. Depois uma pausa, enquanto a mosca, parecendo equilibrar-se sobre as pontas dos dedos, tentava esticar primeiro uma asa, depois a outra. Teve sucesso afinal e, sentando-se começou, como um minúsculo gato, a limpar o focinho. Agora era possível imaginar que as pequenas patas dianteiras esfregavam-se uma na outra suave e alegremente. O terrível perigo acabara; ela havia escapado; estava pronta para a vida novamente.

Mas nesse momento o chefe teve uma ideia. Ele mergulhou sua caneta de volta na tinta, apoiou o grosso pulso no papel mata-borrão e, enquanto a mosca testava suas asas, uma imensa e pesada gota despencou. O que ela faria agora? O que, afinal?

O desagradável ser parecia totalmente acuado, atordoado, com medo de se mexer, sem saber o que viria a seguir. Mas então, aparentando enorme dor, arrastou-se à frente. As patas dianteiras balançaram, firmaram-se e, mais lentamente dessa vez, a tarefa recomeçou do início.

Que demoniozinho destemido, pensou o chefe, sentindo verdadeira admiração pela coragem da mosca. Era assim que se confrontavam os problemas; era esse o espírito. Nunca diga morrer; era apenas uma questão de... Mas a mosca tinha terminado mais uma vez sua tarefa laboriosa, e o chefe teve apenas tempo de recarregar sua caneta e derramar mais uma gota escura no corpo novamente limpo. E agora? Seguiu-se um doloroso momento de suspense. Mas, pasmem, as patas dianteiras balançaram novamente; o chefe sentiu uma sensação de alívio. Ele inclinou-se sobre a mosca e disse-lhe com carinho: "Sua habilidosa va..." E teve a brilhante ideia de assoprar o seu corpo para ajudar no processo de secagem. Mesmo assim, agora havia algo acanhado e fraco nos seus esforços e o chefe decidiu, ao mergulhar a caneta no tinteiro, que essa seria a última vez.

E foi. A última gota caiu no papel mata-borrão encharcado e a mosca suja ali ficou, sem se mexer. As patas traseiras grudaram no corpo; não se podia ver as patas dianteiras.

"Vamos lá", disse o chefe. "Apresse-se!" E mexeu nela com a caneta – em vão. Nada aconteceu, nem poderia acontecer. A mosca estava morta.

O chefe levantou o defunto com a ponta do estilete e lançou-o na cesta de papéis. Mas uma sensação angustiante de tristeza tomou conta dele, de tal forma que se sentiu amedrontado. Dirigiu-se até a mesa e chamou Macey, tocando o sino.

"Traga-me um papel mata-borrão novo", disse, sério, "e apresse-se com isso." E enquanto o velho cão vagarosamente se retirava, ele começou a se perguntar no que pensava antes. O que era mesmo? Era... Tirou seu lencinho e passou-o na gola da camisa. Não conseguia lembrar-se por nada neste mundo.

A CASA DE BONECAS

Quando a velha Sra. Hay voltou para a cidade depois de ficar na casa dos Burnell, ela enviou uma casa de bonecas para as crianças. Era tão grande que o carregador e Pat a levaram para o pátio e ela lá ficou, escorada em duas caixas de madeira ao lado da porta do estábulo. Não sofreria nenhum dano ali; era verão. E talvez o cheiro de tinta teria se dissipado até que a colocassem dentro de casa. Porque, realmente, o cheiro de tinta que vinha daquela casa de bonecas ("Uma gentileza da velha Sra. Hay, claro; tão gentil e generosa!") – o cheiro de tinta era suficiente para deixar qualquer um seriamente doente, na opinião da tia Beryl. Mesmo antes de a tirarem do saco de juta. Depois, então...

E lá ficou a casa de bonecas em um tom verde-espinafre, escuro e viscoso, combinado com um amarelo luminoso. As duas pequenas chaminés maciças, coladas no telhado, foram pintadas de vermelho e branco e a porta, de um verniz amarelo brilhante, parecia uma pequena fatia de bala de caramelo. Quatro janelas, janelas de verdade, eram divididas em vidraças por uma larga faixa verde. Havia até mesmo um pequeno alpendre, pintado de amarelo, com grandes caroços de tinta endurecida nas beiradas.

Mas que casinha perfeita, perfeita! Quem se importava com o cheiro. Ele fazia parte da alegria, parte da novidade.

"Abra rápido, alguém!"

O gancho na lateral estava preso com firmeza. Pat abriu-o à força com seu canivete e a frente da casa girou para trás, e já se podia ver, ao mesmo tempo, a casa e o interior da sala de estar, da sala de jantar, da cozinha e dos dois quartos. Assim é que uma casa deveria ser aberta! Por que todas as casas não se abrem assim? É tão mais excitante que ficar espiando um mísero saguão com um porta-chapéus e dois guarda-chuvas pela fenda de uma porta! É isso que se espera ver de uma casa quando se põe a mão na aldrava, não é? Talvez seja assim que Deus abra as casas no meio da madrugada quando está dando um passeio silencioso com um anjo...

"Ó-ó!" As crianças Burnell soavam como se estivessem desesperadas. Era maravilhoso demais; era muito para elas. Nunca haviam visto nada parecido em sua vida. Todos os cômodos tinham papel de parede. Havia quadros nas paredes, pintados no papel, com molduras douradas para arrematar. Um carpete vermelho cobria todos os pisos, exceto o da cozinha; cadeiras de pelúcia vermelha na sala de estar, verde na sala de jantar; mesas, camas com lençóis de verdade, um berço, um forno, uma cômoda com pratos minúsculos e uma jarra grande. Mas o que Kezia gostava mais do que tudo, o que ela gostava "terrivelmente", era da lamparina. Ela ficava no meio da mesa da sala de jantar, uma pequena e requintada lamparina âmbar com um globo branco. Estava até cheia e pronta para ser acesa, apesar de, obviamente, não se poder acendê-la. Mas havia algo dentro dela parecido com óleo e que se mexia quando era balançado.

As bonecas – o pai e a mãe – esparramadas e duras como se tivessem desmaiado na sala de estar, e as duas criancinhas dormindo no andar de cima, eram grandes demais para a casa de bonecas. Pareciam não fazer parte dela. Mas a lamparina era perfeita. Parecia sorrir para Kezia, dizendo: "Eu moro aqui". A lamparina era real.

Na manhã seguinte, as crianças Burnell mal conseguiam andar rápido o bastante para a escola. Não viam a hora de contar, de descrever, de – bem –, de se gabar para todo mundo sobre a casa de bonecas antes do sino da escola tocar.

"Quem deve contar sou eu", disse Isabel, "porque sou a mais velha. E vocês duas podem continuar depois. Mas eu é que devo falar primeiro."

Não tinham como retrucar. Isabel era mandona, mas ela sempre estava certa, e Lottie e Kezia sabiam muito bem dos poderes decorrentes de ser a mais velha. Elas passaram a mão pelos botões-de-ouro carregados na beira da estrada e ficaram quietas.

"E sou eu quem vai escolher quem pode vir vê-la primeiro. A mãe disse que eu podia."

Porque ficara combinado que, enquanto a casa de bonecas estava no pátio, elas poderiam convidar as garotas da escola, duas por vez, para vir dar uma olhada nela. Sem ficar para o chá, claro, nem ficar perambulando dentro de casa. Apenas ficar quietinhas no pátio enquanto Isabel apontava-lhes as belezas e Lottie e Kezia permaneciam com ar de satisfeitas...

Mas, mesmo apressando-se, quando alcançaram a cerca coberta de breu do pátio dos meninos, o sino já começara a tocar. Tiveram apenas tempo de tirar seus chapéus e entrar na fila antes de a chamada começar. Tudo bem. Isabel tentou compensar o atraso mostrando-se muito importante e misteriosa e sussurrando com a mão na boca para as garotas perto dela: "Tenho algo para contar para vocês no recreio".

O recreio começou e Isabel foi cercada. As garotas da sua classe quase brigaram para colocar os braços em torno dela, andar ao seu lado, bajulá-la com sorrisos, ser sua amiga especial. Ela reuniu um belo cortejo sob os enormes pinheiros da lateral do pátio. Empurrando umas às outras, dando sorrisinhos juntas, as meninas se espremiam. As duas únicas que ficaram de fora do círculo eram aquelas que sempre estavam de fora, as pequenas Kelvey. Elas sabiam muito bem que não deveriam chegar perto das Burnell.

Porque, na verdade, a escola que as crianças Burnell frequentavam não era de maneira nenhuma o tipo de lugar que seus pais teriam escolhido se tivessem escolha. Mas não tinham. Essa era a única escola das redondezas. E, como resultado, todas as crianças da vizinhança, as meninas do juiz, as filhas do médico, as crianças do dono da mercearia, do leiteiro, todos eram forçados a se misturar. Sem falar que também havia a mesma quantidade de garotos rudes e brutos. Mas era preciso estabelecer um limite.

E esse limite era as garotas Kelvey. Muitas das crianças, incluindo as Burnell, não tinham permissão para falar com elas. Elas passavam pelas Kelvey com a cabeça empinada e, como elas tinham muita influência em matéria de comportamento, as Kelvey eram menosprezadas por todo mundo. Até mesmo a professora tinha uma voz especial para elas, e um sorriso especial para as outras crianças, quando Lil Kelvey vinha até sua mesa com um ramo pavoroso de flores comuns.

Elas eram filhas de uma alegre e esforçada lavadeira, que andava de casa em casa durante o dia. Só isso já era horrível o suficiente. Mas onde estava o Sr. Kelvey? Ninguém sabia ao certo. Mas todo mundo dizia que ele estava na prisão. Então elas eram filhas de uma lavadeira e de um presidiário. Que bela companhia para as outras crianças! E aparentavam ser filhas dos dois. Era difícil entender por que a Sra. Kelvey mantinha a aparência delas tão óbvia. Na verdade, elas se vestiam com "peças" dadas pelas pessoas para quem a mãe trabalhava. Lil, por exemplo – uma criança corpulenta, sem atrativos e com sardas imensas –, vinha para a escola com um vestido feito de uma toalha de mesa de sarja verde dos Burnell, com mangas de pelúcia vermelha das cortinas dos Logan. O seu chapéu, pendurado no alto da sua grande testa, era um chapéu de mulher adulta, que pertencera à Srta. Lecky, a chefe do correio. Era dobrado para cima atrás, e tinha uma grande pluma vermelha como acabamento. Ela parecia tanto com um homenzinho! Era impossível não rir. E sua irmã menor, a nossa Else, usava um longo vestido branco, semelhante a uma camisola, e um par de botas de menino. Mas ela ficaria estranha com qualquer coisa que vestisse. Era uma criança minúscula e frágil, com cabelos curtos e olhos enormes e austeros – uma corujinha! Ninguém nunca a viu sorrir; ela quase nunca falava. Ela vivia segurando-se em Lil, sempre com um pedaço da saia de Lil amarrotado entre os dedos da mão. Onde Lil fosse, nossa Else ia atrás. No pátio ou na estrada, indo e voltando da escola, lá estava Lil caminhando na frente, com nossa Else segurando-a atrás. Quando ela precisava de algo, ou ficava sem fôlego, nossa Else dava um puxão em Lil, ou um apertão, e Lil parava e virava-se para trás. As Kelvey sempre compreendiam uma à outra.

Agora lá estavam elas à espreita; era impossível impedi-las de ouvir. Quando as meninas viraram-se para elas e sorriram com desdém, Lil, como sempre, deu-lhes seu sorriso tolo e envergonhado, mas nossa Else só ficando olhando.

E a voz de Isabel, tão orgulhosa, seguiu contando. O carpete foi uma grande sensação, assim como as camas com lençóis de verdade e o forno com uma portinha.

Quando ela terminou, Kezia interrompeu-a: "Você esqueceu da lamparina, Isabel".

"Ah, sim", disse Isabel, "e tem também uma lamparina pequenina, toda feita de vidro amarelo, com um globo branco, que fica na mesa da sala de jantar. Igualzinha a uma lamparina de verdade."

"A lamparina é a melhor de todas", gritou Kezia. Ela achava que Isabel não estava dando o devido valor à pequena lamparina. Mas ninguém prestou atenção. Isabel estava escolhendo as duas meninas que voltariam com elas nessa tarde para ver a casa de bonecas. Ela escolheu Emmie Cole e Lena Logan. Quando as outras souberam que todas teriam sua vez, encheram-se de mesuras para Isabel. Uma a uma, colocavam os braços em volta da sua cintura e levavam-na para caminhar. Sempre tinham algo para sussurrar em seu ouvido, um segredo. "Isabel é minha amiga."

Apenas as pequenas Kelvey se afastaram, esquecidas; não havia nada para elas ouvirem.

Os dias passaram e, à medida que mais crianças viam a casa de bonecas, mais sua fama se espalhava. Ela tornou-se o assunto principal, a moda. A pergunta na boca de todos era: "Você já viu a casa de bonecas das Burnell? Ah, não é adorável?", Não viu ainda? Ah, não me diga!".

Até mesmo na hora do lanche só se falava nisso. As garotinhas sentavam-se sob os pinheiros comendo seus grossos sanduíches de carne de carneiro e grandes fatias de pão de milho com manteiga. Como sempre, as Kelvey sentavam-se o mais perto possível, com nossa Else segurando-se em Lil e ouvindo, enquanto mastigavam seus sanduíches de geleia embrulhados em um jornal encharcado com grandes manchas vermelhas. "Mãe", disse Kezia, "não posso convidar as Kelvey nem uma vez?"

"Claro que não, Kezia."

"Mas por que não?"

"Pare de perguntas, Kezia; você sabe muito bem por que não."

Afinal, todos haviam visto a casa exceto elas. Nesse dia, o assunto perdeu força. Era hora do lanche. As crianças estavam em pé sob os pinheiros e, quando olharam para as Kelvey comendo direto do jornal, sempre sozinhas, sempre ouvindo, tiveram um súbito desejo de ser maldosas com elas. Emmie Cole começou o rumor.

"Lil Kelvey vai ser uma criada quando crescer."

"A-ah, que horrível!", disse Isabel Burnell, olhando ansiosamente para Emmie.

Emmie engoliu em seco de propósito e balançou a cabeça para Isabel como vira sua mãe fazer em tais ocasiões.

"É verdade – é verdade – é verdade", disse ela.

Então os olhinhos de Lena Logan arregalaram. "Posso perguntar para ela?", ela sussurrou.

"Duvido que você pergunte", disse Jessie May.

"Pfff, eu não tenho medo", disse Lena. De repente, ela soltou um gritinho e começou a dançar na frente das outras garotas. "Olhem! Olhem para mim! Olhem para mim agora!" exclamou. Deslizando, escorregando, arrastando um pé, escondendo os risinhos com a mão, Lena foi até as Kelvey.

Lil desviou os olhos do seu lanche. Rapidamente, embrulhou-o e escondeu o resto. Else parou de mastigar. O que ia acontecer agora?

"É verdade que você vai ser uma criada quando crescer, Lil Kelvey?", gralhou Lena.

Silêncio mortal. Em vez de responder, Lil apenas deu-lhe seu sorriso tolo e envergonhado. Não parecia importar-se nem um pouco com a pergunta. Que vergonha para Lena! As meninas começaram a dar risadinhas.

Lena não pôde suportar isso. Ela colocou as mãos nos

quadris e pulou para a frente. "Ah, seu pai está na prisão!", sibilou, maldosa.

Fora algo tão maravilhoso a dizer que as meninas começaram a correr, todas de uma vez, profundamente, profundamente animadas, descontroladas de tão alegres. Alguém achou uma longa corda e elas começaram a pular. E nunca pularam tão alto, correram tão rápido, ou fizeram coisas tão ousadas quanto naquela manhã.

À tarde, Pat buscou as crianças Burnell na carruagem; dirigiram-se para casa. Tinham visitas. Isabel e Lottie, que adoravam visitas, foram para o andar de cima para trocar de avental. Mas Kezia esgueirou-se para os fundos. Não havia ninguém por perto; ela começou a girar nos grandes portões brancos do pátio. Logo, ao longo da estrada, viu dois pontinhos pequenos. Eles foram crescendo, vindo em sua direção. Agora ela conseguia ver que um estava à frente e o outro, logo atrás. Agora podia ver que eram as Kelvey. Kezia parou de girar. Ela abriu o portão como se fosse sair correndo. Então, hesitou. As Kelvey chegaram mais perto e, ao lado delas, caminhavam suas sombras, muito longas, estendidas sobre a estrada com suas cabeças nos botões-de-ouro. Kezia subiu no portão novamente; ela havia se decidido; girou para fora.

"Olá", disse para as Kelvey.

Elas ficaram tão surpresas que pararam. Lil deu-lhe seu sorriso tolo. Nossa Else fitou-a.

"Vocês podem vir e olhar nossa casa de bonecas se quiserem", disse Kezia, arrastando um dedo do pé no chão. Ao ouvi-la, Lil ficou vermelha e balançou a cabeça rapidamente.

"Por que não?", perguntou Kezia.

Lil suspirou e depois disse: "Sua mãe disse pra nossa mãe que você não pode falar com a gente".

"Ah, bom", disse Kezia. Ela não sabia o que responder. "Não importa. Vocês podem vir e ver nossa casa de bonecas mesmo assim. Venham. Ninguém está olhando."

Mas Lil balançou a cabeça com ainda mais força.

"Vocês não querem?", perguntou Kezia.

De repente, houve um puxão, um apertão na saia de Lil. Ela se virou. Nossa Else olhava para ela com grandes olhos de súplica; ela franzia a testa; ela queria ir. Por um instante Lil olhou para nossa Else cheia de dúvidas. Mas então nossa Else apertou sua saia de novo. Ela começou a andar. Kezia foi na frente. Como dois gatos de rua, elas a seguiram pelo pátio até onde estava a casa de bonecas.

"Aí está", disse Kezia.

Houve uma pausa. Lil respirava alto, como se roncasse; nossa Else estava imóvel como uma pedra.

"Vou abri-la para você", disse Kezia gentilmente. Girou o gancho e elas olharam dentro.

"Aí está a sala de estar e a sala de jantar, e essa é a..."

"Kezia!"

Ah, que susto elas levaram!

"Kezia!"

Era a voz da tia Beryl. Elas se viraram. Lá estava a tia, na porta dos fundos, olhando para elas como se não pudesse acreditar no que via.

"Como você se atreve a convidar as pequenas Kelvey para o pátio?", disse sua voz fria e furiosa. "Você sabe tanto quanto eu que não pode falar com elas. Vão embora, crianças, vão embora agora. E não voltem de novo", disse a tia Beryl. E desceu para o pátio, enxotando-as como se fossem galinhas.

"Vão embora imediatamente!", gritou ela, fria e imponente.

Não era preciso lhes dizer duas vezes. Mortas de vergonha, encolhidas uma contra a outra, Lil curvando-se como sua mãe, nossa Else atordoada, conseguiram cruzar o grande pátio, espremendo-se através do portão branco.

"Terrível garotinha desobediente!", disse a tia Beryl num tom amargo para Kezia, fechando a casa de bonecas com força.

Ela teve uma tarde terrível. Uma carta chegara de Willie Brent, uma carta ameaçadora, amedrontadora, dizendo que se ela não o encontrasse naquela noite na floresta Pulman, ele viria até a porta de entrada da casa perguntar-lhe o porquê! Mas agora que ela tinha intimidado aquelas ratinhas das Kelvey e dado uma bela bronca em Kezia, sentia seu coração mais leve. Aquela pressão horrível tinha se esvaído. Voltou para dentro cantarolando.

Quando as Kelvey estavam bem longe da vista dos Burnell, elas sentaram-se em um cano vermelho ao lado da estrada para descansar. As bochechas de Lil ainda queimavam; ela tirou o chapéu com a pluma, colocando-a sobre o joelho. Como em um sonho, elas olharam além das pastagens de feno, além do riacho, até as acácias, onde as vacas do Logan esperavam para ser ordenhadas. No que estavam pensando? Logo, nossa Else já estava aconchegada na irmã. Já havia esquecido da mulher zangada. Esticou um dedo e acariciou a pluma da irmã; deu seu raro sorriso.

"Eu vi a lamparina", disse ela, suavemente.

Então ambas ficaram em silêncio novamente.

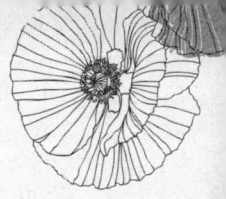

LUA DE MEL

Quando saíram da modista, lá estava seu condutor e a carruagem que chamavam de sua esperando por eles debaixo de um plátano. Que sorte! Não era muita sorte? Fanny apertou o braço do marido. Esse tipo de coisa parecia lhes acontecer a todo momento desde que eles vieram para o exterior. Ele também não achava? George parou no meio-fio, levantou a bengala e soltou um sonoro "oi!". Fanny sentia-se ligeiramente desconfortável com a forma como George chamava as carruagens, mas os condutores não pareciam se importar, então deveria estar tudo bem. Gordos, amáveis e sorridentes, eles guardavam o jornal que estavam lendo, arrancavam a coberta de algodão do cavalo e punham-se às ordens.

"E se", disse George, ajudando Fanny a subir, "nós fôssemos tomar o chá no lugar onde criam lagostas? Que tal?"

"Certamente", disse Fanny, entusiasmada, e reclinou o corpo, perguntando-se como George conseguia fazer tudo soar tão encantador.

"Sim, muito bom." Sentou-se ao lado dela. "*Allez*",[3] gritou com alegria, e partiram.

Lá foram eles, rápida e levemente, sob a sombra verde e dourada dos plátanos, através das ruazinhas, que cheiravam a limões e café fresco, passando pela fonte da praça onde mulheres, carregando jarros de água, paravam de falar para observá-los, em torno do café da esquina com seus guarda-sóis brancos e cor-de-rosa, mesas verdes e sifões azuis, seguindo até a orla. Um vento quente e suave brotava do imenso mar. Ele passou por George, mas parecia demorar-se sobre Fanny, enquanto fitavam a paisagem deslumbrante. George disse: "Agradável, não?" E Fanny, com um ar sonhador, disse, como havia dito pelo menos umas vinte vezes por dia desde que eles vieram para o exterior: "Não é extraordinário pensar que estamos aqui sozinhos, longe de todos, sem ninguém para nos dizer para ir para casa ou para – para nos dar ordens, ninguém além de nós mesmos?"

George já desistira de responder "extraordinário!" havia muito tempo. Agora, apenas beijava-a. Mas dessa vez pegou sua mão, colocou-a no seu bolso, apertou seus dedos e disse: "Eu costumava guardar um ratinho branco no meu bolso quando era criança".

"Mesmo?", disse Fanny, que tinha um interesse desmedido por tudo que George já tinha feito. "Você gostava muito de ratinhos brancos?"

---

3 "Vamos" ou "Vão", em francês. (N. do T.)

"Bastante", disse George, sem muita convicção. Estava olhando para algo que se balançava nos degraus à beira-mar. De repente, quase pulou no assento. "Fanny!", gritou ele. "Tem um sujeito ali tomando banho de mar. Está vendo? Não fazia ideia que as pessoas já tinham começado. Perdi todos esses dias." George fitava o rosto avermelhado, o braço avermelhado, como se não conseguisse desviar o olhar. "De qualquer maneira", murmurou, "nada vai me impedir de ir amanhã cedo."

O coração de Fanny partiu. Ela ouvira falar dos perigos do Mediterrâneo por anos. Era uma armadilha mortal. Belo e traiçoeiro Mediterrâneo. Curvando-se diante deles, com suas sedosas patas brancas tocando as pedras e afastando-se novamente... Mas ela havia decidido muito antes de se casar que nunca seria o tipo de mulher que interferia nos prazeres do marido, então, com um ar desinteressado, tudo que disse foi: "Acho que deve-se conhecer bem as correntes, não é?"

"Ah, não sei", disse George. "As pessoas falam muita besteira a respeito dos perigos."

Nesse momento passavam, do lado oposto ao mar, por uma muralha coberta de heliotropos florescendo e Fanny ergueu o narizinho, sentindo o odor. "Ah, George, que perfume! O mais divino..."

"Excelente propriedade", interrompeu George. "Olhe, dá para vê-la entre as palmeiras."

"Não é grande demais?", disse Fanny, que, de certa forma, não podia ver uma propriedade sem imaginá-la como uma residência em potencial para George e ela.

"Bom, seria preciso uma multidão se alguém quisesse se hospedar por muito tempo", respondeu George. "Caso contrário, seria maçante. Mesmo assim é espetacular. Gostaria de saber quem é o proprietário." E cutucou as costas do condutor.

O sorridente e lento condutor, que não fazia a mínima ideia, respondeu, como sempre fazia nessas ocasiões, que ela pertencia a uma rica família espanhola.

"Muitos espanhóis nessa praia", comentou George, reclinando-se novamente, e ficaram em silêncio até que o imenso hotel-restaurante branco como marfim apareceu, logo após uma curva. Construído em frente ao mar, havia um pequeno terraço coberto de sombrinhas-chinesas[4] com as mesas dispostas e, quando Fanny e George se aproximaram, garçons vieram correndo do terraço, do hotel, para recebê-los e evitar a qualquer custo que escapassem.

"Do lado de fora?"

Ah, claro que eles se sentariam do lado de fora. O gerente lustroso, que parecia um peixe de fraque, tomou a frente.

"Por aqui, senhor. Por aqui, senhor. Tenho uma ótima mesa", sussurrou ele. "Uma mesa especialmente para o senhor, ali no canto. Por aqui."

Então, seguiram-no George, parecendo extremamente entediado, e Fanny, tentando fazer de conta que havia passado anos da sua vida esgueirando-se entre estranhos.

"Aqui está, senhor. Aqui ficarão muito bem", o gerente

---

4 Espécie de palmeira rasteira, originária de Madagascar. (N. do T.)

tentou convencê-lo, retirando o vaso da mesa e colocando-o de volta como se um buquê novinho em folha tivesse caído do céu. Mas George recusou-se a sentar imediatamente. Ele conhecia muito bem esses tipos; não ia ceder tão fácil. Esses sujeitos sempre queriam apressá-lo. Colocou as mãos nos bolsos e perguntou a Fanny, muito calmamente: "Aqui está bom para você? Ou prefere algum outro lugar? Que tal ali?" E indicou com a cabeça uma mesa do outro lado do terraço.

Nada como ser um homem do mundo! Fanny admirava-o profundamente, mas tudo que ela queria era sentar-se e parecer uma pessoa igual às outras.

"Eu – eu gosto daqui", disse ela.

"Muito bem", disse George, sentando-se um pouco antes de Fanny e pedindo com rapidez: "Chá para dois, e bombas de chocolate".

"Muito bem, senhor", disse o gerente, e sua boca fechou e abriu como se estivesse pronto para outro mergulho debaixo d'água. "Não gostariam de umas torradas para começar? Temos ótimas torradas, senhor."

"Não", disse George, secamente. "Você não quer torradas, quer, Fanny?"

"Ah, não, obrigado, George", disse Fanny, querendo que o gerente se retirasse.

"Ou talvez a dama gostasse de dar uma olhada nas lagostas vivas no aquário enquanto o chá não chega?" Ele fez uma careta, sorriu maliciosamente e balançou seu guardanapo como uma barbatana.

O rosto de George manteve-se inflexível. Disse "não" mais uma vez e Fanny inclinou-se sobre a mesa, desabotoando as luvas. Quando olhou para cima novamente, o gerente já tinha saído. George tirou o chapéu, jogou-o em uma cadeira e ajeitou o cabelo para trás.

"Graças a Deus", disse ele, "o sujeito foi embora. Esses estrangeiros me irritam. A única forma de livrar-se deles é ficando quieto como você me viu fazer. Graças aos céus!", suspirou George de novo, de um jeito tão exagerado que, se não fosse ridículo, Fanny teria imaginado que ele tinha tanto medo do gerente quanto ela. Ao pensar nisso, sentiu um impulso súbito de amor por George. As mãos dele sobre a mesa, mãos grandes, morenas, mãos que ela conhecia tão bem. Ela ansiava por pegar uma delas e apertá-la com força. Para sua surpresa, foi exatamente o que George fez. Inclinando-se sobre a mesa, pôs sua mão sobre a dela e disse, sem olhar nos seus olhos: "Fanny, querida Fanny!"

"Ah, George!" Foi nesse instante celestial que Fanny ouviu um tum-tum-tada-tada e um leve dedilhado. Vamos ter música, pensou ela, mas a música não lhe interessava no momento. Nada interessava além do amor. Sorrindo de leve, fitou aquele rosto sorrindo de leve, e a sensação era tão extasiante que ela sentiu-se impelida a dizer para George: "Vamos ficar aqui – onde estamos – aqui nessa mesinha. Ela é perfeita, e o mar é perfeito. Vamos ficar aqui". Mas, em vez disso, seus olhos ficaram sérios.

"Querido", disse Fanny, "quero perguntar-lhe algo extremamente importante. Prometa que vai me responder. Prometa."

"Prometo", disse George, solene demais para parecer tão sério quanto ela.

"É o seguinte." Fanny parou por um instante, olhou para baixo, olhou para cima novamente. "Você sente", disse ela, suavemente, "que me conhece de verdade? Que me conhece realmente?"

Era demais para George. Conhecer sua Fanny? Soltou um sorriso largo e infantil. "Devo acreditar que sim", disse enfaticamente. "Por quê, algum problema?"

Fanny sentiu que ele não tinha compreendido. Continuou rapidamente: "O que eu quero dizer é que as pessoas, quase sempre, mesmo quando se amam, não parecem – é difícil explicar – conhecer umas às outras perfeitamente. Simplesmente parecem não querer. E eu acho isso horrível. Elas não conseguem se entender nas coisas mais importantes". Fanny parecia estarrecida. "George, isso não aconteceria conosco, não é? Isso nunca poderia acontecer conosco."

"De jeito nenhum", riu George, e estava prester a dizer-lhe o quanto gostava do seu narizinho, quando o garçom chegou com o chá e a banda começou a tocar. Tocavam uma flauta, um violão e um violino, tão alegremente que Fanny sentiu que, se não tomasse cuidado, até mesmo as xícaras e os pires formariam pequenas asas e voariam longe. George comeu três bombas de chocolate; Fanny, duas. O chá tinha um gosto estranho – "Lagosta no bule", George gritou, mais alto que a música –, mas era gostoso mesmo assim e, quando afastaram a bandeja e George começou a fumar, Fanny ousou olhar para as outras pessoas. Mas o que a fascinou mais que tudo foi a banda, reunida sob uma das árvores escuras. O homem gordo golpeando o violão parecia uma pintura. O homem moreno tocando a flauta levantava a todo momento as sobrancelhas, como se ficasse surpreso com os sons que saíam dela. O violinista escondia-se nas sombras.

A música parou tão subitamente quanto começara. Foi então que ela notou um velho alto com cabelos brancos, em pé ao lado dos músicos. Estranho não tê-lo notado antes. Sua gola era alta e engomada, vestia um casaco com as costuras esverdeadas e botas de abotoar tão gastas que dava vergonha. Seria outro gerente? Não parecia um gerente mas ali estava ele, em pé, olhando para as mesas como se pensasse em algo completamente diferente, longe de tudo aquilo. Quem seria ele?

Nesse instante, enquanto Fanny o observava, tocou as pontas do colarinho com os dedos, tossiu levemente e virou-se para a banda. Ela começou a tocar novamente. Algo turbulento, inconsequente, cheio de fogo, cheio de paixão, foi lançado no ar, lançado para aquela figura silenciosa, que apertou as mãos e, ainda com aquele olhar indiferente, começou a cantar.

"Por Deus!", disse George. Parecia que todos estavam completamente surpresos. Até mesmo as criancinhas tomando sorvete pararam para olhar, com suas colheres no ar... Não se ouviu mais nada além de uma voz fraca e fina, o espectro de uma voz cantando algo em espanhol. Ela estremecia, alongava-se, alcançava as notas altas, caía novamente, parecia implorar, suplicar, clamar por algo e, então, a melodia mudava, e ela se resignava, rendia-se, sabia que fora rejeitada.

Pouco antes do fim, uma criancinha soltou uma gargalhada,

e todos sorriram – a não ser Fanny e George. Isso também é parte da vida?, pensou Fanny. Há pessoas assim. Há sofrimento. Ela olhou para o lindo oceano, sorvendo a terra como se a amasse, e o céu, com o brilho próprio do fim da tarde. George e ela tinham o direito de ser tão felizes? Não era cruel? Devia haver algo mais na vida que tornasse tudo aquilo possível. O que seria? Ela virou-se para George.

Mas George sentia-se completamente diferente de Fanny. De certa forma, a voz do velho rapaz era engraçada, mas, Deus, como ela o fazia perceber quão formidável era estar no começo de tudo, como ele e Fanny estavam! George também olhou para a água brilhante, palpitante, e seus lábios abriram como se pudesse bebê-la. Como era agradável! Não havia nada igual ao mar para fazer um sujeito sentir-se disposto. E ali estava Fanny, sua Fanny, inclinando-se para a frente, respirando tão suavemente.

"Fanny!" George chamou-a.

Quando ela se virou para ele, algo no seu olhar suave e questionador fez George sentir que, se pudesse, saltaria por sobre a mesa e a carregaria em seus braços.

"E se", disse George, rápido, "nós fôssemos embora, que tal? Vamos voltar para o hotel. Venha. Vamos, Fanny querida. Vamos embora agora."

A banda começou a tocar. "Ó, Deus!" George quase gemeu. "Vamos antes que o velho coroa comece a grasnar de novo."

E, um instante depois, tinham partido.

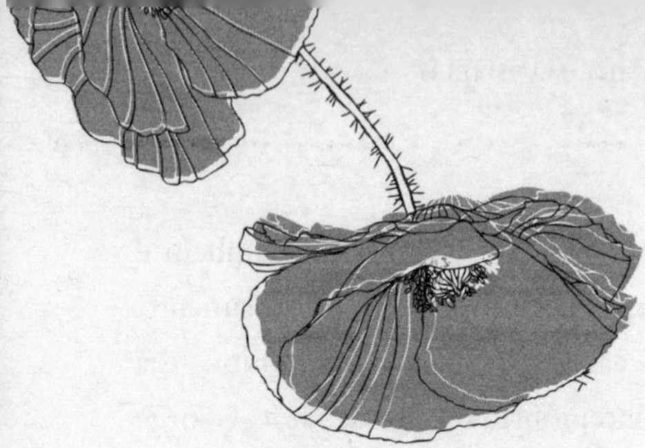

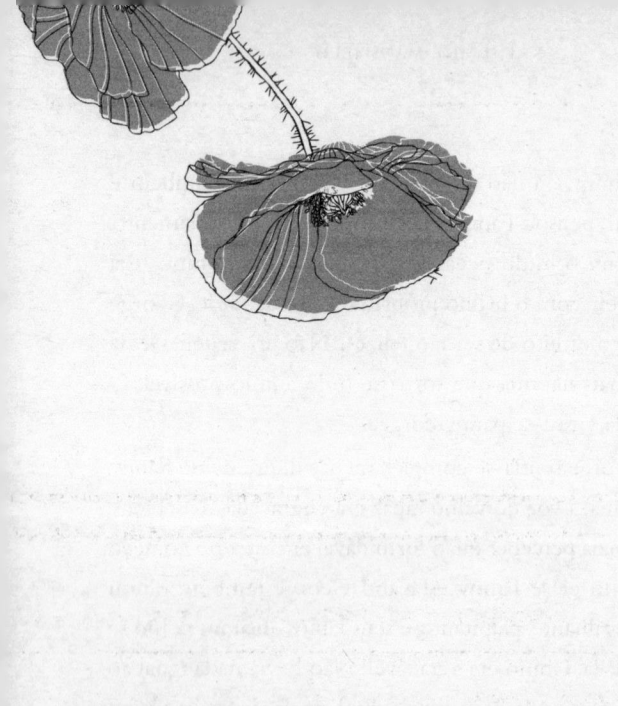

UMA XÍCARA DE CHÁ

Rosemary Fell não era exatamente bonita. Não, não dava para chamá-la de bonita. Graciosa? Bom, se a examinássemos em detalhes... Mas por que ser tão cruel a ponto de examiná-la em detalhes? Ela era jovem, brilhante, extremamente moderna, vestida de modo refinado, a par dos livros mais novos que há, e suas festas eram uma deliciosa mistura das pessoas realmente importantes e... artistas – criaturas extravagantes, descobertas por ela, algumas aterrorizantes demais para mencionarmos, mas outras bastante apresentáveis e divertidas.

Rosemary casara-se havia dois anos. Ela tinha um garoto adorável. Não, Peter não – Michael. E seu marido simplesmente a adorava. Eram ricos, ricos de verdade, não apenas em boa situação financeira, o que é odioso, enfadonho e soa como os avós de alguém falando. Se Rosemary quisesse fazer compras, ela ia para Paris, assim como você e eu vamos para *Bond Street*[5]. Se ela

---

[5] As ruas mencionadas ao longo do conto são ruas londrinas famosas por seu comércio de luxo. (N. do T.)

quisesse comprar flores, o carro pararia naquela loja maravilhosa na *Regent Street* e Rosemary, dentro da loja, simplesmente olharia com seu jeito exótico e deslumbrante, e diria: "Quero aquelas e aquelas e aquelas. Dê-me quatro punhados daquelas. E aquele jarro de rosas. Sim, vou levar todas as rosas do jarro. Não, lilás não. Odeio lilases. Elas não têm forma". A vendedora fez-lhe uma mesura e tirou as lilases da frente dela, como se confirmasse a veracidade do que ela dissera; lilases eram terrivelmente disformes. "Dê-me aquelas tulipas atarracadas. Aquelas vermelhas e brancas." E era seguida até o carro por uma vendedora magra cambaleando sob um imenso punhado de papel branco que parecia um bebê com roupas compridas...

Durante uma tarde de inverno, ela foi às compras em um pequeno antiquário da *Curzon Street*. Era uma de suas lojas preferidas. Primeiro porque, usualmente, era possível fazer compras sem mais ninguém na loja. Depois, porque o proprietário da loja adorava servi-la. Ficava radiante sempre que ela entrava. Apertava as mãos; ficava tão agradecido que mal conseguia falar. Bajulação, claro. Mesmo assim, havia algo mais...

"Na verdade, madame", ele explicava com seu tom respeitavelmente baixo, "amo minhas coisas. Prefiro ficar com elas a vendê-las para alguém que não as aprecia, que não tenha uma sensibilidade refinada, algo tão raro..." E, inspirando profundamente, desenrolava um paninho de veludo azul, apertando-o contra o balcão de vidro com as pálidas pontas dos dedos.

Hoje era uma caixinha. Ele a tinha guardado para ela. Ainda não a mostrara para ninguém. Uma refinada caixinha esmaltada com um verniz tão fino que parecia ter sido aplicado com creme. Na tampa havia uma criatura minúscula sob uma árvore florida e uma criatura menor ainda tinha os braços ao redor do seu pescoço. Seu chapéu, do tamanho de uma pétala de gerânio, estava pendurado em um galho; tinha laços verdes. E sobre suas cabeças, uma nuvem rosada flutuava como um querubim vigilante. Rosemary tirou suas compridas luvas. Ela sempre tirava as luvas para examinar esse tipo de coisa. Sim, ela apreciara imensamente a caixa. Ela tinha adorado; era um grande achado. Ela tinha que comprá-la. E, ao virar, abrir e fechar a caixa cremosa, não pôde deixar de notar como suas mãos ficavam encantadoras contra o veludo azul. O proprietário, em algum recanto obscuro da sua mente, pode ter ousado notar o mesmo. Pois ele pegou um lápis, inclinou-se sobre o balcão, e seus pálidos dedos sem vida rastejaram timidamente até os dedos rosados e vistosos dela, enquanto ele murmurava suavemente: "Se me permite chamar a atenção da madame para as flores no corpete da pequena dama".

"Encantador!" Rosemary admirava as flores. Mas qual era o preço? Por um instante, o proprietário pareceu não ouvir. Então um sussurro chegou aos ouvidos dela. "Vinte e oito guinéus, madame."

"Vinte e oito guinéus." Rosemary permaneceu impassível. Colocou a caixinha no balcão; abotoou as luvas novamente. Vinte e oito guinéus. Mesmo sendo rica... Pareceu hesitar. Fixou o olhar em uma grande chaleira semelhante a uma galinha gorda atrás da cabeça do proprietário, e sua voz soou distraída quando respondeu: "Bom, pode guardá-la para mim – não pode? Vou..."

E o proprietário já se curvava diante dela, como se guardar-lhe a caixa era o mínimo que qualquer ser humano poderia fazer. Ele se prontificaria, claro, a guardá-la para sempre.

A discreta porta fechou-se com um clique. Ela encontrava-se nos degraus do lado de fora, olhando para a tarde de inverno. Chovia e, com a chuva, a escuridão pareceu chegar também, desenrolando-se como cinzas do céu. Havia um gosto amargo e frio no ar, e os candeeiros acabados de acender pareciam tristes. Tristes eram as luzes nas casas do outro lado da rua. Queimavam suavemente como se lamentassem algo. E as pessoas passavam apressadas, escondidas sob seus odiosos guarda-chuvas. Rosemary sentiu uma pontada estranha. Ela apertou o regalo[6] contra o peito; queria ter aquela caixinha com ela, para abraçá-la também. Claro, o carro estava ali. Só precisava atravessar a calçada. Mas ela continuou a esperar. Há momentos, terríveis momentos na vida, quando deixamos o abrigo e olhamos para fora, e nos sentimos horríveis. Nessas horas, não podemos ceder. Devemos ir para casa e tomar um chá para lá de especial. E, no exato momento em que pensava nisso, uma jovem garota, magra, morena, oscbcura – de onde ela aparecera? – pôs-se de pé ao lado de Rosemary, e uma voz semelhante a um suspiro, quase um soluço, murmurou: "Madame, posso falar-lhe por um instante?"

"Falar comigo?" Rosemary virou-se. Viu uma criatura surrada com olhos enormes, alguém muito jovem, da mesma idade

---

6 Um regalo *(muff,* no original) é um acessório para agasalhar as mãos, raramente usado no Brasil. Trata-se de um cilindro de pele ou tecido com as extremidades abertas para enfiar as mãos. (N. do T.)

que ela, que agarrava a gola do casaco com as mãos avermelhadas e tremia como se tivesse acabado de sair da água.

"M-madame", gaguejou a voz. "A senhora me daria o suficiente para tomar uma xícara de chá?"

"Uma xícara de chá?" Havia algo simples e sincero naquela voz; não se parecia em nada com a voz de um pedinte. "Então você não tem dinheiro nenhum?", perguntou Rosemary.

"Nenhum, madame", foi a resposta.

"Que extraordinário!" Rosemary olhou em direção ao crepúsculo e a garota olhou de volta para ela. Isso era mais que extraordinário! Subitamente, tudo lhe pareceu uma grande aventura. Parecia algo saído de um romance de Dostoiévski, esse encontro ao crepúsculo. E se ela levasse a garota para casa? E se fizesse uma daquelas coisas sobre as quais ela sempre lia nos livros ou via nos palcos, o que aconteceria? Seria emocionante. E ela se ouviu relatando mais tarde, para a surpresa de seus amigos: "Simplesmente a trouxe para casa comigo", enquanto dava um passo à frente e dizia para aquela pessoa apagada ao seu lado: "Venha tomar chá comigo em minha casa".

A garota recuou, perplexa. Até parou de tremer por um momento. Rosemary estendeu a mão e tocou seu braço. "Estou falando sério", disse, sorrindo. E sentiu como seu sorriso era simples e gentil. "Por que não? Vamos. Venha comigo no carro, vamos para minha casa tomar chá."

"A senhora – a senhora não fala sério, madame", disse a garota, e havia dor na sua voz.

"Sim, falo", exclamou Rosemary. "Quero que venha. Para me agradar. Venha comigo."

A garota levou os dedos aos lábios e seus olhos devoraram Rosemary. "A senhora – a senhora não vai me levar para a delegacia?", gaguejou.

"Para a delegacia?" Rosemary riu alto. "Por que eu seria tão cruel? Não, apenas quero que se sinta aquecida e ouvir – qualquer coisa que quiser me contar."

Pessoas famintas são fáceis de convencer. O lacaio abriu a porta do carro e, no instante seguinte, deslizavam através do crepúsculo.

"Pronto!", disse Rosemary. Teve uma sensação de triunfo ao passar a mão pela cinta de veludo. Poderia ter dito: "Agora você é minha", enquanto olhava para a pequena refém que tinha capturado. Claro que suas intenções eram altruístas. Ah, mais que isso! Ela ia provar para essa garota que – coisas maravilhosas aconteciam na vida, que – fadas madrinhas eram reais, que – os ricos têm coração, e que mulheres eram irmãs. Ela virou-se impulsivamente, dizendo: "Não tenha medo. Afinal, por que você não viria comigo? Somos ambas mulheres. Se sou mais afortunada, você deveria esperar..."

Mas nesse instante, felizmente, já que ela não sabia como iria terminar a frase, o carro parou. O sino tocou, a porta abriu e, com um movimento encantador, protetor, quase acolhedor, Rosemary conduziu a outra para o saguão. E observou a outra receber o calor, a suavidade, a luz, um odor adocicado, todas as coisas nas quais nem pensava mais, de tão familiares. Era fascinante. Ela parecia uma menininha rica no seu quarto com todos os armários para abrir, todas as caixas para desembrulhar.

"Venha, venha para cima", disse Rosemary, ansiando por começar a ser generosa. "Vamos até o meu quarto." Além disso, ela queria poupar essa pobre coisinha de ser fulminada pelos olhares dos criados; enquanto subia as escadas, ela decidiu que nem sequer chamaria Jeanne, mas se livraria das suas roupas sozinha. O melhor a fazer era ser natural!

"Pronto!", exclamou Rosemary novamente, assim que chegaram ao seu belo e grande quarto com as cortinas fechadas, o fogo refletido sobre sua maravilhosa mobília de laca, suas almofadas douradas e os tapetes amarelos e azuis.

A garota parou ao lado da porta; parecia confusa. Mas Rosemary não se importou.

"Venha sentar-se", disse ela, arrastando a poltrona para perto do fogo, "nessa cadeira confortável. Venha aquecer-se. Você parece estar morrendo de frio."

"Não ousaria, madame", disse a garota, movendo-se para trás.

"Ah, por favor" – Rosemary correu até ela – "você não deve ter medo, não deve, mesmo. Sente-se e quando eu me livrar das minhas coisas, iremos para a sala ao lado, tomaremos chá e ficaremos confortáveis. Por que você está com medo?" E, gentilmente, tentou empurrar a magra figura para a sua alcova escura.

Mas não obteve resposta. A garota continuou onde estava, com as mãos ao lado do corpo e a boca levemente aberta. Falando com sinceridade, parecia um pouco idiota. Mas Rosemary não admitiria isso. Inclinou-se sobre ela, dizendo: "Você não quer tirar o chapéu? Seus lindos cabelos estão encharcados. E é muito mais confortável sem chapéu, não é?"

Houve um sussurro que soou como "muito bem, madame", e o chapéu amassado foi retirado.

"Deixe-me ajudá-la com seu casaco também", disse Rosemary.

A garota manteve-se em pé, segurando-se na poltrona com uma mão e deixando Rosemary puxar o casaco. Foi preciso bastante esforço. A outra praticamente não a ajudou. Parecia cambalear como uma criança e, rapidamente, passou pela cabeça de Rosemary o pensamento de que se alguém quer ajuda deveria reagir um pouco, só um pouco, caso contrário seria realmente muito difícil. O que ela deveria fazer com o casaco agora? Deixou-o no chão, junto com o chapéu. Ela estava prestes a pegar um cigarro no aparador da lareira quando a garota disse rapidamente, de um jeito estranho e suave: "Mil perdões, madame, mas vou desmaiar. Vou passar mal, madame, se não comer algo".

"Por Deus, como sou insensível!" Rosemary correu para tocar o sino.

"Chá! Chá nesse instante! E um pouco de conhaque imediatamente!"

A criada saiu novamente, mas a garota quase gritou. "Não, não quero conhaque. Nunca tomo conhaque. Só preciso de uma xícara de chá, madame." E começou a chorar.

Era um momento fascinante e terrível. Rosemary ajoelhou-se diante da poltrona.

"Não chore, pobrezinha", disse ela. "Não chore." Ofereceu à outra o seu lencinho de renda. Não tinha palavras para descrever como estava emocionada. Colocou o braço ao redor daqueles ombros magérrimos, iguais aos de um pássaro.

Finalmente a outra deixou a timidez de lado, deixou tudo de lado, exceto o fato de que eram ambas mulheres e suspirou: "Não posso mais continuar assim. Não suporto. Não suporto. Devo acabar com a minha vida. Não suporto mais".

"Você não precisará mais. Vou cuidar de você. Pare de chorar. Não vê que foi uma boa coisa ter me conhecido? Vamos tomar chá e você vai me contar tudo. Devo arranjar algo. Prometo. Mas pare de chorar. É tão exaustivo. Por favor!"

A outra parou a tempo de Rosemary levantar-se antes de o chá chegar. Pediu para colocarem a mesa entre as duas. Ela ocupou-se de tudo para a pobre criatura, dos sanduíches, do pão com manteiga, e sempre que sua xícara ficava vazia, ela voltava a enchê-la com chá, creme e açúcar. As pessoas viviam dizendo que açúcar era tão nutritivo. Ela, por sua vez, não chegou a comer; fumou e, com muito tato, desviou o olhar para que a outra não se sentisse intimidada.

O efeito daquela pequena refeição foi realmente maravilhoso. Quando levaram a mesa do chá, um novo ser, uma criatura frágil e leve, de cabelos emaranhados, lábios escuros, olhos luminosos e profundos, recostou-se na poltrona com uma espécie de fraqueza suave, olhando para o fogo. Rosemary acendeu outro cigarro; era hora de começar.

"Quando você comeu pela última vez?", pergountou ela suavemente.

Mas, nesse instante, a maçaneta da porta girou.

"Rosemary, posso entrar?" Era Philip.

"Claro."

Ele entrou. "Ah, mil perdões", disse e parou, com o olhar fixo.

"Está tudo bem", disse Rosemary, sorrindo. "Essa é a minha amiga, Senhorita..."

"Smith, madame", completou a figura abatida, estranhamente imóvel e destemida.

"Smith", disse Rosemary. "Vamos ter uma pequena conversa."

"Ah, sim", disse Philip. "Certamente", e seu olho avistou o casaco e o chapéu no chão. Dirigiu-se até a lareira, virando as costas para o fogo. "Está uma tarde abominável", disse curiosamente, continuando a fitar aquela figura apática, olhando para suas mãos e botas e, depois, novamente para Rosemary.

"Sim, não é mesmo?", concordou Rosemary, entusiasmada. "Repugnante."

Philip exibiu seu sorriso encantador. "Na verdade", disse ele, "gostaria que você me acompanhasse até a biblioteca por um instante. Vamos? A Srta. Smith nos permite?"

Os grandes olhos levantaram-se na sua direção, mas Rosemary respondeu por ela. "Claro que ela permite." E saíram do quarto juntos.

"Vamos lá", disse Philip quando estavam a sós. "Explique-me. Quem é ela? O que significa tudo isso?"

Rosemary, rindo, apoiou-se na porta e respondeu: "Recolhi-a na *Curzon Street*. De verdade. Foi uma coleta que fiz.

Ela me pediu o equivalente a uma xícara de chá e eu a trouxe para casa comigo."

"Mas que diabos você vai fazer com ela?", perguntou Philip.

"Seja gentil com ela", respondeu rapidamente Rosemary. "Seja terrivelmente gentil com ela. Cuide dela. Não sei como. Ainda não conversamos. Mas mostre-lhe – trate-a – faça-a sentir..." "Minha querida menina", disse Philip, "você está maluca, sabia? Não se pode fazer uma coisa dessas."

"Sabia que você ia dizer isso", replicou Rosemary. "Por que não? Eu quero. Não é uma bela razão? Além disso, sempre lemos a respeito dessas coisas. Eu decidi..."

"Mas", disse Philips lentamente, cortando a ponta de um charuto, "ela é tão espantosamente bonita."

"Bonita?" Rosemary ficou tão surpresa que enrubesceu. "Você acha? Eu – eu não tinha pensado nisso."

"Por Deus!" Philip acendeu um fósforo. "Ela é absolutamente adorável. Olhe de novo, minha querida. Fiquei impressionado quando entrei no seu quarto agora há pouco. No entanto... acho que você está cometendo um tremendo engano. Perdão, querida, se estou sendo rude. Mas avise-me se a Srta. Smith vai jantar conosco a tempo de eu dar uma folheada na *The Milliner's Gazette*[7]."

"Que criatura ridícula você é!", disse Rosemary, e saiu da biblioteca. Porém não se dirigiu ao quarto; foi para seu

---

7 Revista inglesa, popular entre os trabalhadores braçais no começo do século XX. Com essa referência, a autora busca salientar a atitude esnobe do personagem. (N. do T.)

escritório e sentou-se à escrivaninha. Bonita! Absolutamente adorável! Impressionado! Seu coração batia como um imenso sino. Bonita! Adorável! Ela apanhou o talão de cheques. Não, cheques seriam inúteis, claro. Abriu uma gaveta e pegou cinco notas de uma libra, olhou para elas, colocou duas delas de volta no lugar e, apertando as três que restaram na sua mão, voltou para seu quarto.

Philip ainda estava na biblioteca meia hora depois, quando Rosemary entrou.

"Queria apenas lhe avisar", disse ela, apoiando-se novamente na porta e observando-o com seu deslumbrante e exótico olhar: "A Srta. Smith não irá jantar conosco hoje".

Philip largou o jornal. "Ah, o que aconteceu? Ela já tinha compromisso?"

Rosemary aproximou-se dele e sentou no seu joelho. "Ela insistiu em ir embora", disse, "então ofereci à pobrezinha um presente em dinheiro. Não poderia mantê-la aqui contra a sua vontade, não é?", completou delicadamente.

Rosemary acabara de arrumar os cabelos, escurecera um pouco os olhos e colocara seu colar de pérolas. Levantou as mãos e acariciou as bochechas de Philip.

"Você gosta de mim?", perguntou em um tom doce e rouco, o que o perturbou.

"Gosto absurdamente de você", respondeu ele, abraçando-a com força. "Dê-me um beijo."

Fez-se silêncio.

Então Rosemary disse, languidamente.

"Vi uma caixinha fascinante hoje. Ela custa vinte e oito guinéus. Posso comprá-la?"

Philip a fez saltitar em seu joelho. "Claro que sim, minha esbanjadora", disse.

Mas isso não era exatamente o que Rosemary queria dizer.

"Philip", ela suspirou, apertando a cabeça dele contra seu peito, "eu sou bonita?"

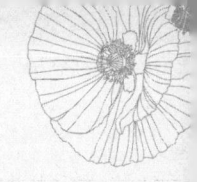

TOMANDO O VÉU

Parecia impossível alguém ficar infeliz em uma manhã tão bonita. Ninguém ficaria, decidiu Edna, ninguém além dela. As janelas estavam escancaradas nas casas. De dentro delas vinha o som de pianos, mãozinhas perseguiam umas às outras e fugiam umas das outras, praticando escalas. As árvores tremulavam nos jardins ensolarados, iluminados com as flores da primavera. Garotos da rua assobiavam, um cachorrinho latia; as pessoas passavam por ela, caminhando tão lépidas, tão depressa, que pareciam prestes a correr a qualquer momento. Chegou mesmo a ver, ao longe, um guarda-sol, cor de pêssego, o primeiro guarda-sol do ano.

Talvez Edna não parecesse tão infeliz quanto se sentia. É difícil parecer trágica aos dezoito anos e sendo extremamente bonita, com as bochechas, os lábios e os olhos brilhantes típicos de uma saúde perfeita. Ainda mais usando um vestido azul francês e seu novo chapéu floral com caimento de escovinhas[8].

---

8 *Centaurea cyanus*, pequena flor azulada ou violeta, nativa da Europa. (N. do T.)

É verdade que ela carregava sob o braço um livro com uma horrível encadernação de couro preto. Talvez o livro lhe proporcionasse um vestígio de melancolia, mas apenas ocasionalmente, já que era a encadernação típica da biblioteca. Pois Edna usou a ida à biblioteca como desculpa para sair de casa para pensar, para entender o que tinha acontecido, para decidir de alguma forma o que teria que ser feito agora.

Algo terrível acontecera. Na noite anterior, no teatro, súbita e inesperadamente, quando ela e Jimmy estavam sentados lado a lado nas arquibancadas — na verdade, ela tinha acabado de comer um bombom de amêndoas e passado a caixa novamente para ele — ela caiu de amores por um ator. Caiu – de – amores...

Era uma sensação completamente diferente daquilo que ela imaginara antes. Não era nada agradável. Nem um pouco excitante. A não ser que fosse possível chamar de excitante a mais terrível sensação de irremediável tristeza, desespero, agonia e desgraça. Combinada com a certeza de que se aquele ator a tivesse encontrado na calçada depois do espetáculo, enquanto Jimmy estava atrás de uma carruagem, ela o seguiria até os confins da terra ao mínimo aceno, ao mínimo sinal, sem nem sequer pensar em Jimmy, nos seus pais, no seu lar feliz e incontáveis amigos novamente...

A peça começara razoavelmente animada. Isso antes do episódio do bombom de amêndoas. Então o herói ficou cego. Que momento terrível! Edna tinha chorado tanto que até teve que pegar emprestado o lencinho dobrado e macio de Jimmy.

Não que o fato de chorar importasse. Fileiras inteiras estavam aos prantos. Até mesmo os homens assoavam o nariz, fazendo um rugido alto, tentando disfarçar, espiando o programa em vez de olhar para o palco. Jimmy, felizmente com os olhos secos – afinal, o que ela faria sem o lencinho dele? – apertou sua mão e sussurrou: "Anime-se, minha querida!" Foi então que ela pegou o último bombom de amêndoas para agradá-lo e devolveu a caixa para ele. E aí aconteceu aquela cena horrorosa com o herói, sozinho no palco em um quarto deserto, ao crepúsculo, com uma banda tocando do lado de fora e o som da algazarra vindo da rua. Ele tentou – ah! de uma forma tão dolorosa, tão deplorável! – tatear o caminho até a janela. Conseguiu, afinal. E lá ficou ele segurando a cortina enquanto um raio de luz, um único raio, iluminava em cheio seu rosto erguido, às cegas, e a banda extinguia-se com a distância...

Foi – realmente, absolutamente – ah, a mais – foi simplesmente – na verdade, a partir desse momento Edna soube que a vida nunca mais seria a mesma. Ela soltou a mão de Jimmy, reclinou-se e fechou a caixa de bombons para sempre. Isso era amor, afinal.

Edna e Jimmy eram noivos. Começara a usar seu cabelo para cima havia um ano e meio[9]; estavam oficialmente noivos havia um ano. Mas sabiam que se casariam desde que começaram a andar no Jardim Botânico com suas babás, e tomar chá sentados na grama com um biscoito de vinho e uma bengala doce cada um. Era um consenso tão grande que Edna usara

....
9 Símbolo de maturidade para as meninas, nos territórios da Comunidade Britânica do começo do século XX. (N. do T.)

uma imitação perfeita de um anel de noivado que viera numa caixa de biscoitos durante todo o tempo que esteve na escola. E até então, tinham sido totalmente devotados um ao outro.

Mas agora tudo acabara. Tanto que Edna achava difícil acreditar que Jimmy também não tinha percebido. Ela sorriu sabiamente, triste, enquanto dirigia-se aos jardins do Convento do Sagrado Coração e subia o caminho que levava até *Hill Street*. Era muito melhor saber agora que esperar até depois de eles terem se casado! Agora era possível para Jimmy superar tudo isso. Não, de nada valia ficar se enganando; ele nunca superaria! A vida dele estava destruída, estava arruinada; era inevitável. Mas ele era jovem... O Tempo, todos diziam, o Tempo pode fazer pouca, pouquíssima diferença. Em quarenta anos, quando ele for um velho, pode ser que pense nela com tranquilidade – talvez. Mas ela – o que o futuro lhe reservava?

Edna chegou ao topo do caminho. Ali, sob uma árvore com folhas novas, enfeitada com punhados de flores brancas, sentou-se em um banco verde e olhou para os canteiros de flores do Convento. No canteiro mais próximo dela cresciam goivos[10], ao lado de amores-perfeitos azuis em formato de concha; num dos cantos, havia um amontoado de frésias creme, cujas hastes verdes passavam por cima das outras flores. Os pombos do Convento revoavam alto e ela podia ouvir a voz da irmã Agnes, que dava uma aula de canto. Aaa-mi, os tons graves da freira soavam e aaa-mi eram ecoados...

---

10 Flor nativa da região do Mediterrâneo. (N. do T.)

Se ela não se casasse com Jimmy, era óbvio que ele não se casaria com ninguém. O homem por quem ela se apaixonara, o famoso ator – Edna tinha bom senso suficiente para saber que nunca aconteceria. Era estranho. Ela nem mesmo queria que acontecesse. Seu amor era intenso demais para isso. Era preciso suportá-lo em silêncio; era preciso que ele a atormentasse. Era simplesmente esse tipo de amor, ela concluíra.

"Mas, Edna!", clamou Jimmy. "Você não pode mudar jamais? Não posso mais ter esperanças?"

Ah, que lástima ter que dizê-lo, mas era preciso. "Não, Jimmy, jamais vou mudar."

Edna abaixou a cabeça; uma florzinha caiu no seu colo e a voz da irmã Agnes gritou subitamente Aaa-nou, e o eco apareceu, Aaa-nou...

Nesse momento, o futuro foi revelado. Edna pôde ver tudo. Estava surpresa; no início, perdeu o fôlego. Mas, afinal, o que poderia ser mais natural? Iria para um convento... Seu pai e sua mãe fariam tudo para dissuadi-la, em vão. Quanto a Jimmy, devido ao seu estado de espírito, mal suportaria pensar a respeito. Por que eles não compreendiam? Como podiam aumentar seu sofrimento assim? O mundo é cruel, terrivelmente cruel! Depois da cena final, onde ela distribui as joias e seus pertences aos melhores amigos – ela, tão calma; eles, tão desolados – ela entra para o convento. Não, um momento. Na mesma noite em que ela entra para o convento, o ator tem seu último espetáculo em Port Willin. Ele recebe uma caixa de um estranho mensageiro, cheia de flores brancas. Mas não há nenhum nome, nenhum cartão.

Nada? Sim, sob as rosas, embrulhada em um lencinho branco, a última fotografia de Edna com os dizeres escritos no rodapé,

Esquecendo do mundo, pelo mundo esquecida.

Edna sentou-se imóvel sob as árvores; apertou o livro preto em seus dedos como se fosse seu missal. Ela adota o nome de irmã Ângela. Riip! Riip! Todo o seu adorável cabelo é cortado. Será que vão deixá-la enviar um cacho para Jimmy? É o esperado, de qualquer forma. E, em um vestido azul com uma faixa branca na cabeça, a irmã Ângela vai do convento para a capela, da capela para o convento, com algo de sobrenatural em sua aparência, nos seus olhos tristes e no sorriso manso com que cumprimenta as criancinhas que correm para ela. Uma santa! Ela ouve sussurrarem enquanto anda pelos corredores frios cheirando a cera. Uma santa! Os visitantes da capela ficam sabendo da freira cuja voz se sobressai às outras, da sua juventude, da sua beleza, do seu amor trágico, trágico. "Há um homem nessa cidade cuja vida foi arruinada..."

Uma grande abelha, uma camarada peluda e dourada, rasteja para dentro de uma frésia e a delicada flor se curva, oscila, balança; e quando a abelha voa para longe, continua a tremular como se risse. Flor despreocupada e feliz!

A Irmã Ângela olhou para a flor e disse: "Agora já é inverno". Uma noite, deitada na sua cela gelada, ela ouve um grito. Algum animal abandonado está no jardim, um gatinho ou um cordeirinho ou – bom, qualquer animal pode estar lá. E a freira insone se levanta. Toda de branco, tremendo mas sem medo, ela sai e traz o animalzinho para dentro. Mas, na manhã seguinte, quando o sino toca para as matinas[11], ela é achada debatendo-se com febre alta... delirando... e ela nunca se recupera. Em três dias, está tudo acabado. A cerimônia é realizada na capela e ela é enterrada na parte do cemitério reservada para as freiras, onde há pequenas cruzes simples de madeira. Descanse em Paz, irmã Ângela...

Agora é de noite. Dois velhos apoiados um no outro chegam devagar ao túmulo e ajoelham-se, choramingando: "Nossa filha! Nossa única filha!" Outra pessoa aproxima-se. Todo de preto, ele caminha lentamente. Mas, quando chega e levanta o chapéu preto, Edna, horrorizada, vê que seus cabelos estão brancos como a neve. Jimmy! Tarde demais, tarde demais! As lágrimas rolam por seu rosto, ele chora agora. Tarde demais, tarde demais! O vento balança as árvores sem folhas do cemitério. Ele emite um grito amargo e medonho. O livro preto de Edna cai no caminho do jardim, fazendo um ruído surdo. Ela toma um susto, seu coração palpita. Meu querido! Não, não é tarde demais. Foi tudo um engano, um sonho horrível. Ah, aqueles cabelos brancos. Como ela pôde fazer isso? Ela ainda não fez nada. Ó, céus! Ah, que felicidade! Ela é livre, jovem e ninguém sabe do seu segredo. Tudo ainda é possível para ela e Jimmy. A casa que planejaram ainda pode ser construída, o garotinho solene com as mãos atrás das costas observando-os plantar as roseiras ainda pode nascer. Sua irmãzinha... Quando o pensamento de Edna chega à irmãzinha, ela estica os braços como se

---

11 Orações da manhã em um convento ou monastério cristão. (N. do T.)

o amor a alcançasse voando pelos ares e, olhando para o jardim, para as flores brancas na árvore, para os adoráveis pombos azuis contra o céu azul e para o Convento com suas janelas estreitas, percebeu que finalmente, pela primeira vez na vida – ela nunca imaginara um sentimento igual antes –, ela sabia o que era realmente amar – amar!

O CANÁRIO

...Está vendo aquele prego imenso à direita da porta da frente? Mal posso olhar para ele agora e, mesmo assim, não consigo nem pensar em arrancá-lo dali. Gosto de imaginar que ele sempre esteve lá, mesmo depois do meu tempo. Às vezes, ouço as pessoas depois de mim dizendo: "Deveria ter uma gaiola pendurada ali". Isso me conforta; sinto que ele não está totalmente esquecido.

...Você não tem ideia de como ele cantava lindamente. Não era como o canto dos outros canários. E não é só capricho meu. Frequentemente, da janela, via pessoas pararem no portão para ouvir, ou encostarem-se na cerca perto do filadelfo[12] por um bom tempo – fora de si. Sei que pode parecer ridículo para você – não pareceria se o tivesse ouvido – mas, para mim, parecia que ele cantava canções inteiras, com começo e fim.

Por exemplo, quando eu terminava de limpar a casa à tarde,

---

12 Árvore nativa da Europa, comum nas regiões serranas do Sudeste e Sul do Brasil. (N. do T.)

eu trocava de blusa e trazia minha costura aqui para a varanda e ele costumava pular, pular, pular de um poleiro para o outro, bicar as grades da gaiola para atrair minha atenção, tomar um gole de água como um cantor profissional e, então, iniciar uma canção tão extraordinária que eu tinha que abaixar as agulhas para ouvi-lo. Não consigo descrever; gostaria de conseguir. Mas era sempre igual, todas as tardes, e eu tinha a sensação de entender cada nota.

...Eu o amava! Como o amava! Talvez não importe tanto assim o que se ama nesse mundo. Mas é preciso amar algo. Claro que sempre tive minha casa e meu jardim, embora, por alguma razão, nunca foram o suficiente. As flores reagem maravilhosamente, porém não têm empatia. Então, amei a estrela da tarde. Parece tolice? Costumava ir ao quintal depois do pôr do sol e esperar até que ele começasse a brilhar acima do eucalipto sombrio. Costumava sussurrar: "Aí está você, meu querido". E nesse exato momento parecia brilhar só para mim. Parecia entender essa... algo semelhante à nostalgia, mas que não é nostalgia. Ou lamento – tem mais a ver com lamento. Mas lamentar o quê? Tenho muito mais a agradecer.

...Mas, quando ele entrou na minha vida, esqueci da estrela da tarde; não precisava mais dela. Foi estranho. Quando o chinês apareceu à porta vendendo pássaros e levantou-o na sua gaiola minúscula, em vez de revoar, revoar, como os pobrezinhos dos pintassilgos, ele soltou um piozinho fraco e eu me peguei dizendo, como já havia dito à estrela acima do eucalipto: "Aí está você, meu querido". A partir desse momento, ele era meu.

...Até hoje me surpreendo lembrando de como ele e eu compartilhávamos nossas vidas. No momento em que descia de manhã e tirava o pano que cobria sua gaiola, ele me cumprimentava com uma notinha sonolenta. Eu sabia que ele queria dizer: "Senhora! Senhora!" Então eu o pendurava no prego do lado de fora enquanto preparava o café da manhã para meus três homenzinhos, e nunca o trazia de volta para dentro até que tivéssemos a casa só para nós de novo. Depois, quando terminava a faxina, tínhamos um pouco de entretenimento. Eu estendia um jornal em um canto da mesa e, quando colocava a gaiola sobre ela, ele costumava bater suas asas em desespero, como se não soubesse o que viria a seguir. "Você é um belo de um atorzinho", eu o repreendia. Eu raspava a gaiola, polvilhava-a com areia nova, enchia suas latinhas de alpiste e água e prendia um pedacinho de morrião[13] e metade de uma pimenta entre as grades. Tenho certeza de que ele compreendia e apreciava cada parte dessa pequena exibição. Ele era perfeitamente asseado por natureza, entende? Nunca havia uma manchinha no seu poleiro. Era preciso vê-lo deleitando-se com o banho para perceber que era apaixonado por limpeza. Preparar seu banho era a última parte. Ele pulava para dentro no momento em que estava pronto. Primeiro agitava uma asa, depois a outra, então mergulhava a cabeça e molhava as penas do peito. Esparramava água por toda a cozinha e, mesmo assim, não se dispunha a

---

13 Morrião-dos-passarinhos é uma erva nativa do continente europeu, também conhecida como mastruço-do-brejo. (N. do T.)

sair. Costumava dizer para ele: "Agora já chega. Você só está se exibindo". Finalmente, saltava para fora e, equilibrando-se em uma pata, começava a secar-se com o bico. Depois sacudia-se, balançava o corpo, soltava um trinado e levantava o pescocinho – ah, é quase insuportável ficar me lembrando. Enquanto isso, eu sempre limpava as facas. E, para mim, parecia que as facas também cantavam quando eu as lustrava na tábua da cozinha.

...Companhia, entende – era o que ele era. Uma companhia perfeita. Se você morasse só, perceberia como isso é valioso. Claro que meus três homenzinhos vinham para a ceia toda noite e, às vezes, até ficavam na sala de jantar depois de comer, lendo o jornal. Mas eu não podia esperar que eles se interessassem pelas pequenas coisas que faziam o meu dia. Por que se interessariam? Eu não era nada para eles. Na verdade, uma noite ouvi uma conversa deles nas escadas, me chamando de "Espantalho". Sem problema. Não importa. Nem um pouco. Eu até entendo. Eles são jovens. Por que me importaria? Mas me lembro de ficar especialmente agradecida por não estar completamente só naquela noite. Disse para ele, depois que saíram. Eu disse: "Sabe do que eles chamaram a Senhora?" Ele inclinou a cabeça para o lado e olhou para mim com seu olho brilhando até que não pude conter o riso. Ele pareceu se divertir com meu riso...

...Você já teve passarinhos? Se não teve, talvez tudo isso deva soar exagerado. As pessoas imaginam que os pássaros são criaturinhas insensíveis e frias, diferente de cães e gatos. Minha lavadeira costumava dizer, às segundas-feiras, que se perguntava por que eu não tinha "um belo fox terrier". "Um canário não traz aconchego, Senhorita." Mentira. Uma mentira pavorosa. Lembro-me de uma noite. Tinha tido um sonho horrível – sonhos podem ser terrivelmente cruéis –, mesmo depois de despertar não conseguia esquecê-lo. Então, coloquei minha camisola e desci para a cozinha para tomar um copo d'água. Era uma noite de inverno e chovia muito. Acho que ainda estava meio dormindo, mas, pela janela da cozinha, que não tinha persianas, pareceu-me que a escuridão olhava para dentro, à espreita. De repente, senti como era insuportável não ter ninguém para quem pudesse dizer: "Tive um sonho tão horrível", ou – ou "Esconda-me da escuridão". Até cobri meu rosto por um minuto. Então ouvi um "psiu! psiu!". Sua gaiola estava na mesa e o pano tinha escorregado, deixando um vãozinho de luz passar para dentro. "Psiu! Psiu!", disse o sujeitinho adorável de novo, suavemente, como se dissesse: "Estou aqui, Senhora! Estou aqui!" Quase chorei de tão aliviada que me senti.

...E agora ele se foi. Nunca terei outro pássaro, nenhum outro bicho de estimação. Como poderia? Quando o encontrei, deitado de costas, com o olho embaçado e as garras retorcidas, quando percebi que nunca mais ouviria seu canto adorável, algo pareceu morrer dentro de mim. Senti um vazio no coração, como se fosse sua gaiola. Ainda vou superar. Claro. Eu preciso. É possível superar qualquer coisa com o tempo. E todos sempre dizem que sou muito animada. Estão certos. Agradeço a Deus por ser assim... De qualquer forma, sem ser mórbida, sem entregar-me às – às memórias e coisas afins, devo confessar que me parece haver algo triste na vida. É difícil dizer o quê. Não me refiro à tristeza que todos conhecemos, como a doença, a pobreza ou a morte. Não, é algo diferente. Está lá, no fundo, bem no fundo, parte da existência, como a respiração. Mesmo que eu trabalhe duro e fique exausta, basta parar um instante para saber que ela está lá, esperando. Quase sempre me pergunto se todos se sentem da mesma forma. Não dá para saber. Mas não é extraordinário que sob aquele canto suave e feliz havia apenas essa – tristeza? –, ah, o que é isso... que ouvi?

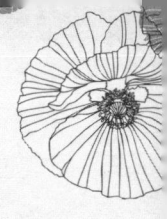

HISTÓRIA DE UM HOMEM CASADO

É noite. A ceia acabou. Deixamos a pequena e fria sala de jantar, fomos para a sala de estar, onde há uma lareira. Tudo como sempre. Sentei-me à minha escrivaninha, colocada em um canto de forma que fique de costas para ele e de frente para a sala. O lampião com anteparo verde está aceso; tenho diante de mim dois grandes livros de referência, ambos abertos, uma pilha de documentos... Toda a parafernália, na verdade, de um homem extremamente ocupado. Minha esposa, com seu menininho no colo, está em uma poltrona em frente à lareira. Está prestes a colocá-lo na cama antes de recolher a louça e empilhá-la na cozinha para a criada amanhã de manhã. Mas o calor, o silêncio e o garoto adormecido a fizeram sonhar acordada. Tem um dos pés descalço e, no outro, uma das suas botas vermelhas de lã. Ela senta-se, inclina-se para a frente, aperta o pezinho nu, olha para a luz e, enquanto o fogo se agita, diminui e reaviva mais uma vez, sua sombra – uma imensa Mãe e Filho – aparece e desaparece na parede...

Chove lá fora. Gosto de pensar naquela janela fria e ensopada atrás da persiana e, além dela, nos arbustos escuros no jardim, suas folhas largas brilhando com a chuva e, depois da cerca, na estrada reluzente com as duas pequenas sarjetas roucas cantando uma contra a outra e nos reflexos dos candeeiros, parecendo rabos de peixe. Enquanto estou aqui, estou lá, levantando meu rosto para o céu turvo, sentindo que deve estar chovendo no mundo inteiro – que toda a terra está alagada, soando como o leve e rápido tamborilar das gotas, como um rufar duro e constante, ou como um murmúrio semelhante a um misto de choro e risos, junto com o jorrar leve e divertido da água caindo em lagos tranquilos e correntezas de rios. E tudo isso ao mesmo tempo que chego em uma cidade estranha, deslizando para dentro da carruagem enquanto o condutor retira a cobertura do cavalo ofegante, correndo de abrigo em abrigo, desviando de uma pessoa, esquivando-se de outra. Presto atenção nas casas altas, com as portas e janelas lacradas para a noite, nos balcões pingando e vasos de flores encharcados. Passo por jardins desertos e mergulho em casas úmidas cheirando a verão (você sabe como a madeira de uma casa de veraneio na chuva é macia e fragmentada), chego ao cais sombrio e deposito minha passagem na mão vermelha e molhada do velho marinheiro na capa de chuva. Como o mar cheira forte! Como fazem barulho os barcos ancorados batendo uns nos outros! Eu cruzo o curral ensopado, com um saco velho como touca, carregando uma lanterna, enquanto o cão da família, como um capacho empapado, salta e joga o corpo para cima de mim. E agora caminho em uma estrada deserta – é impossível se desviar das poças e as árvores oscilam – oscilam.

Podia-se ir além para sempre – além e além – até que se levantasse a única folha do copo-de-leite e descobrisse os minúsculos caracóis pendurados, até que se contasse... e então o quê? Esses não são apenas sinais, traços dos meus sentimentos? Os vestígios verde-claros feitos por alguém que andou sobre a grama orvalhada? E não o sentimento em si. Enquanto penso nisso, uma voz gloriosa e triste começa a cantar no meu íntimo. Sim, talvez ela esteja mais próxima do que quero dizer. Que voz! Que poder! Que suavidade aveludada! Maravilhosa!

De repente, minha esposa aproxima-se rápido. Ela sabe – desde quando? – que não estou "trabalhando". É estranho que, me olhando de um jeito tão amplo e expressivo, ela possa sorrir tão timidamente – e possa dizer com uma voz tão hesitante: "No que você está pensando?"

Eu sorrio e passo dois dedos pela minha testa, como costumo fazer. "Nada", respondo suavemente.

Ao me ouvir, ela oscila e, ainda tentando fazer com que não pareça algo importante, diz: "Ah, mas você devia estar pensando em algo!"

Então correspondo ao seu olhar com a mesma amplitude, e sinto seu rosto estremecer. Ela nunca vai se acostumar com essas simples – pode-se dizer – mentirinhas do dia a dia? Nunca vai aprender a não se expôr – ou a aumentar suas defesas? "De verdade, não estava pensando em nada." Pronto! Parece que a atingi. Ela se afasta, tira a outra meia vermelha do bebê, coloca-o sentado e começa a desabotoar a sua roupa. Me pergunto se aquele pacotinho mole vê alguma coisa, sente alguma coisa.

Agora ela o coloca sobre o joelho dela e, com essa luz e seus braços e pernas macios balançando, ele parece incrivelmente com um caranguejinho. É estranho não conseguir conectá-lo a minha esposa e a mim; nunca o aceitei como nosso. Toda vez que entro no saguão e vejo o berço, me pego pensando: "Hmm, alguém trouxe um bebê!" Ou quando seu choro me acorda à noite, costumo culpar minha esposa por ter trazido um bebê da rua. A verdade é que, apesar de pressupor que ela tenha um forte instinto maternal, minha esposa não parece o tipo de mulher que geraria crianças com o próprio corpo. Há uma diferença imensa! Onde está aquela... facilidade natural e graça, aquele beijar e abraçar ágil que fomos educados a esperar de jovens mães? Ela não apresenta nenhum desses sinais. Acredito que, quando ela dá um laço no seu gorro, ela se sente como uma tia, não como uma mãe. Claro que posso estar errado; ela pode ser totalmente devota... Acho que não. De qualquer forma, não é um pouco indecente sentir-se assim a respeito da própria esposa? Indecente ou não, esses sentimentos existem. E tem outra coisa. Como posso, de forma racional, esperar que minha esposa, uma mulher com o coração partido, desperdice seu tempo embalando o bebê? Mas isso é insignificante. Ela nunca chegou a embalá-lo, nem quando ainda tinha o coração intacto.

Já levara o bebê para a cama. Ouço seus passos suaves e decididos entre a sala de jantar e a cozinha, de lá para cá novamente, ao som dos pratos ressoando. Agora tudo está em silêncio. O que está acontecendo agora? Ah, tenho certeza, como se tivesse ido conferir – ela está em pé, no meio da cozinha, olhando para a chuva na janela. Sua cabeça está abaixada e com um dedo ela desenha algo – nada – na mesa. Faz frio na cozinha; o gás estala; a torneira pinga; é uma cena lastimável. E ninguém chega atrás dela para tomá-la em seus braços, beijar seus cabelos macios, conduzi-la para o fogo e esfregar suas mãos para aquecê-las mais uma vez. Ninguém vai chamá-la ou perguntar-se o que ela está fazendo ali. Ela sabe disso. E, mesmo assim, sendo uma mulher, bem no fundo, bem no fundo, ela espera que esse milagre aconteça; ela bem que poderia realmente aceitar essa sombria, sombria mentira, em vez de viver – dessa forma.

****

Viver dessa forma... Escrevo essas palavras com muito cuidado, muito delicadamente. Por alguma razão, sinto-me impelido a assiná-las, ou escrever ao final – Testando uma Caneta Nova. Mas, de verdade, não é espantoso pensar no que pode estar contido em uma frase que parece tão inocente? Ela me instiga – me instiga profundamente. Cena. A mesa do jantar. Minha esposa acaba de me passar a xícara. Mexo o chá, levanto a colher, tento preguiçosamente pegar uma folhinha, a capturo com cuidado e, depois de trazê-la para a margem, sussurro, delicadamente: "Por quanto tempo poderemos continuar a viver – dessa – forma?" E imediatamente há aquele famoso "clarão ofuscante e ruído ensurdecedor. Imensos fragmentos de destroços (devo dizer que gosto de destroços) são lançados pelo ar... e quando as nuvens escuras de fumaça se dissiparam..." Mas isso nunca vai acontecer; nunca vou saber a resposta a essa pergunta. Vão encontrá-la em mim, "intacta", como se costuma dizer. "Abra meu coração e verá..."

Por quê? Ah, aí é que está! Essa é a pergunta mais difícil de responder. Por que as pessoas ficam juntas? Deixando de lado "pelo bem das crianças" anos de convivência" e "por questões econômicas", asneiras de advogados – não passam disso – se alguém realmente tentar descobrir por que as pessoas não se separam, vai desvendar um mistério. Simplesmente não podem; estão ligadas. E ninguém na terra sabe quais são as ligações que as mantêm unidas além das duas pessoas em questão. Estou sendo confuso? Bom, o próprio assunto não é lá terrivelmente claro, não é? Vamos pensar nesse assunto de outra forma. Imagine que você fica sabendo de todos os segredos dele e, depois, dos segredos dela. Imagine que você fica sabendo tudo que há para saber sobre a situação. E, tendo dedicado a mais profunda solidariedade e a mais honesta imparcialidade ao problema, você declara, calmamente (mas não sem uma leve insinuação de prazer – pois realmente há – prometo que há – mesmo no melhor entre nós – algo que salta e grita "Ahhh!" de prazer ao mero pensamento de destruir algo): "Bom, minha opinião é que vocês dois devem se separar. Não haverá nada de bom em ficar juntos. Na verdade, me parece ser sua obrigação libertar a outra pessoa". O que acontece então? Ele – e ela – concordam. Também é a convicção deles. Você apenas está dizendo o que eles pensaram durante toda a noite anterior. E lá vão eles concretizar o seu conselho, imediatamente... E, da próxima vez que você ouve falar deles, eles ainda estão juntos. Entenda – você analisou a situação desconhecendo uma parte – que é a ligação secreta que eles têm – algo que não poderiam revelar nem se quisessem. É possível explicar até aqui, mas não além. Ah, não me entenda errado! Isso não tem nada a ver com o fato de eles dormirem juntos... Mas isso me leva a um pensamento que quase cheguei a nutrir: o de que seres humanos, como os conhecemos, não escolhem uns aos outros de maneira nenhuma. É seu proprietário, o segundo eu que habita neles, quem faz a escolha de acordo com seus propósitos particulares, e – e isso pode parecer absurdamente improvável – é o segundo eu na outra pessoa quem reage. Apenas compreendemos isso muito obscuramente – obscuramente – ou, pelo menos, me parece – e, de qualquer forma, somente a ponto de entendermos a inutilidade de tentar escapar. Então, o resultado disso tudo é – se os eus impermanentes da minha esposa e meu estão felizes – *tant mieux pour nous* – se estão infelizes – *tant pis...*[14] Mas eu não sei, não sei. Pois pode ser algo inteiramente pessoal meu – essa sensação (sim, chega a ser uma sensação) de que somos fechados como conchas – pequenas criaturas com a cabeça para fora de uma guarita, olhando com cobiça para a entrada através da nossa caixa de vidro, lacaios pálidos que nunca sabem dizer ao certo se o patrão está presente ou não...

A porta abre... Minha esposa. Ela diz: "Vou para a cama".

Levanto o olhar vagamente, e vagamente digo: "Você vai para a cama".

"Sim." Uma pausa. "Não se esqueça – por favor – de desligar o gás no saguão."

---

14 "Melhor para nós" e "pior *(para nós)*", em francês. (N. do T.)

E, de novo, eu repito: "O gás no saguão".

Houve uma época – antes – quando esse meu hábito – já se tornou um hábito – não era antes – era uma das nossas piadas íntimas mais doces. Claro, começou depois de várias ocasiões em que estava tão profundamente concentrado que não ouvia. Emergia apenas para vê-la balançando a cabeça e rindo de mim: "Você não ouviu uma palavra do que disse!"

"Não. O que você disse?"

Por que ela acharia isso tão engraçado e charmoso? Mas ela achava; ficava encantada. "Ah, meu querido, isso é tão típico seu! É tão – tão..." E eu sabia que ela me amava por isso. Sabia que ela realmente ansiava em vir me incomodar, e então – como qualquer um faria – eu fazia meu papel. Ela sabia que eu estaria mergulhado no trabalho todas as noites às dez e meia. Mas e agora? Por uma razão qualquer sinto que seria cruel parar com a minha encenação. É mais fácil continuar com ela. Mas o que ela quer mais hoje à noite? Por que não se retira? Prolongar isso para quê? Está saindo. Não, sua mão na maçaneta da porta, ela volta-se novamente e pergunta, com uma voz fraca, curiosa, sem fôlego: "Você não está com frio?"

Ah, não é justo ser tão deplorável! Isso foi simplesmente execrável. Estremeci completamente antes de conseguir emitir um vagaroso "nã-não!", enquanto minha mão esquerda amarrota as páginas de referência.

Foi embora; não voltará mais hoje. Não sou só eu que percebo isso; a sala muda também. Ela relaxa, como um ator velho. Aos poucos a máscara cai; o ar de concentração tensa dá lugar a uma reflexão grave e sombria. Cada linha, cada dobra exala cansaço. O espelho se extingue; as cinzas ficam esbranquiçadas; apenas a minha furtiva lâmpada continua a queimar... Mas tudo isso me parece de uma indiferença cínica! Ou deveria sentir-me lisonjeado? Não, nós nos entendemos. Sabe aquelas histórias de criancinhas que são amamentadas por lobos, aceitas pela tribo e se movem livremente entre seus irmãos cinzentos e velozes? Algo parecido aconteceu comigo. Um momento! Essa história de lobos não serve. Que curioso! Antes de pôr no papel, enquanto ainda estava na minha cabeça, ela me encantou. Parecia exprimir, mais que isso, insinuar, exatamente o que eu queria dizer. Mas, no papel, posso cheirar sua falsidade imediatamente e a... origem do cheiro é a palavra velozes. Você não concorda? Irmãos cinzentos e velozes! "Velozes." Uma palavra que eu nunca uso. Quanto escrevi "lobos", ela deslizou pela minha mente como uma sombra e não pude resistir. Diga-me! Diga-me! Por que é tão difícil escrever de maneira simples – não apenas simples mas *sotto voce*[15], se é que você me entende. É assim que gostaria de escrever. Sem efeitos refinados – sem brilhantismo. Apenas a pura verdade, como só um mentiroso poderia dizer.

****

Acendo um cigarro, reclino-me na cadeira, inspiro profundamente – e me pego imaginando se minha esposa está dormindo. Ou se está deitada na cama fria, olhando para a escuridão com

---

[15] "Em voz baixa", em italiano. Essa expressão, além do seu significado literal, também significa "dizer algo em segredo". (N. do T.)

aqueles olhos confusos e esperançosos. Seu olhos são como os olhos de uma vaca que é conduzida por uma estrada. "Por que estou sendo conduzida – que mal eu fiz?" Mas realmente não sou responsável por esses olhos; trata-se da expressão natural dela. Um dia, quando esvaziava uma gaveta, ela encontrou uma velha fotografia dela mesma, tirada quando ainda estava na escola. No seu vestido de crisma, me disse ela. E, desde então, lá estavam os mesmos olhos. Lembro de dizer-lhe: "Você sempre pareceu tão triste?" Apoiando-se no meu ombro, ela riu levemente: "Pareço triste? Acho que é apenas... eu". E ficou esperando que eu dissesse algo a respeito. Mas eu estava maravilhado por sua coragem de ter me mostrado o retrato. Era uma fotografia horrorosa! E me perguntei novamente se ela percebia quão simplória era e se conformava com a ideia de que as pessoas que se amam não criticam, mas aceitam tudo, ou se ela realmente gostava da própria aparência e esperava que eu lhe fizesse algum elogio.

Ah, isso foi baixo de minha parte! Como poderia esquecer as inúmeras vezes em que percebi que ela se virou para evitar a luz, escondendo o rosto nos meus ombros. E, acima de tudo, como poderia esquecer a tarde do nosso casamento, quando nos sentamos no banco verde do Jardim Botânico para ouvir a banda e, no intervalo entre duas músicas, ela subitamente vira-se para mim e diz: "Diga-me, você acha que a beleza física é muito importante?" como quem pergunta coisas do tipo "você acha que a grama está úmida?" ou "você acha que está na hora do chá?"... Não gosto nem de pensar em quantas vezes ela ensaiara essa pergunta. E sabe o que eu respondi? Nesse instante, como se estivesse sob o meu comando, a banda emitiu uma onda de ruídos graves e animados e eu consegui gritar alegremente por sobre o som: "Não ouvi o que você disse". Diabólico! Não foi? Talvez não completamente. Ela me olhou como o coitado do paciente que ouve o cirurgião dizer: "Será realmente necessário fazer uma cirurgia – mas não agora!"

****

Mas tudo isso dá a impressão que minha esposa e eu nunca fomos realmente felizes juntos. Não é verdade! Não é verdade! Fomos extraordinariamente felizes. Éramos um casal-modelo. Se você nos visse juntos, a qualquer hora, em qualquer lugar, se tivesse começado a nos seguir, acompanhar, espiar, se nos pegasse desprevenidos, ainda assim seria forçado a admitir: "Nunca vi casal mais perfeito". Até o último outono.

Mas, na verdade, para explicar o que aconteceu, eu devo voltar lá atrás, até a época em que era tão pequeno que precisava usar as duas mãos no corrimão, uma época em que eu era menor que as grades da escada e as usava para espiar meu pai subindo e descendo a passos leves. Naquela época, havia janelas coloridas nos patamares. Quando ele subia, sua careca era vermelha; depois ficava amarela. Como isso me assustava! E quando me punham na cama, sonhava que morávamos em uma das grandes garrafas coloridas do meu pai. Pois ele era boticário. Nasci nove anos depois de os meus pais se casarem. Era filho único e o esforço para conceber até mesmo alguém como eu – devo ter sido um rebento pequeno e mirrado – exauriu todas as forças da minha mãe. Ela nunca saiu de seu quarto novamente. Cama, sofá, janela – ela vivia entre os três. Consigo vê-la muito bem, nos dias da janela, sentada, a bochecha apoiada na mão, olhando para fora. Seu quarto dava para a rua. Do outro lado havia um muro coberto de anúncios de espetáculos itinerantes, circos e coisas do tipo. Fico em pé do lado dela olhando para a mulher magra em um vestido vermelho batendo na cabeça do cavalheiro moreno com seu guarda-sol, ou para o tigre à espreita na floresta enquanto o palhaço, ao seu lado, equilibra uma garrafa no nariz, ou para a garotinha de cabelos dourados sentada no joelho de um velho negro com um largo chapéu de algodão... Ela não diz nada. Nos dias do sofá, ela usa um roupão de flanela que eu odeio e, a toda hora, a mesma almofada escorrega e cai no chão. Eu a coloco de volta no sofá. Há flores e uns dizeres bordados nela. Pergunto o que está escrito e ela sussurra: "Bom Repouso!" Nos dias da cama, seus dedos fazem pequenas tranças nas franjas da colcha, e seus lábios se estreitam. E isso é tudo a respeito da minha mãe, a não ser pelo último e estranho "episódio" que acontece mais tarde.

Meu pai... Encolhido em um canto, sobre a tampa de uma caixa redonda para armazenar esponjas, eu olhava meu pai por tanto tempo, que sua imagem cortada na cintura pelo balcão pareceu ter se solidificado na minha memória. Completamente careca, a cabeça brilhante com a forma de um ovo alongado, bochechas enrugadas cor de creme, pequenas bolsas sob os olhos, orelhas pálidas e grandes como alças de panela. Seus modos eram discretos, dissimulados, levemente debochados, com um toque de insolência. Muito antes de poder compreendê-la, já conhecia a combinação... Chegava até mesmo a copiá-lo no meu cantinho, inclinando-me para a frente, com uma pequena imitação do seu tênue sarcasmo. À noite, seus clientes eram, na maioria, jovens mulheres; algumas delas vinham diariamente por seu famoso estimulante de cinco centavos. A aparência chamativa, a voz, o jeito descontraído, tudo nelas me fascinava. Eu desejava ser meu pai, entregando-lhes pelo balcão o pequeno frasco da coisa azul que elas consumiam tão vorazmente. Sabe-se lá Deus do que era feito. Anos depois bebi um pouco, só para ver que gosto tinha, e senti como se tivesse levado uma forte pancada na cabeça; fiquei atordoado.

Lembro-me nitidamente de uma dessas noites. Fazia frio; deveria ser outono, já que a chama do gás fora acesa depois do meu chá. Sentei-me no meu canto e meu pai misturava algo; a botica estava vazia. De repente, o sino ressoou e uma jovem entrou apressada, gritando tão alto, soluçando tanto, que soava irreal. Ela vestia uma capa verde forrada de pele e um chapéu com cerejas balançando. Meu pai saiu da sua partição. No início, ela não conseguia se controlar. Ficou em pé no meio da botica, contorcendo as mãos e gemendo; nunca mais vi um choro igual. Finalmente conseguiu murmurar: "Dê-me um estimulante!" Então, suspirou profundamente, afastou-se do meu pai tremendo e gaguejou: "Recebi uma má notícia!" E pude ver, à luz da chama do gás, um lado do seu rosto, completamente roxo e inchado; seu lábio estava cortado e sua pálpebra parecia ter sido colada ao olho molhado. Meu pai empurrou o frasco no balcão, ela tirou a carteira da meia-calça e pagou. Mas não conseguiu beber; agarrando o frasco, fixou o olhar à frente como se não pudesse acreditar no que estava vendo. A cada vez que levantava a cabeça, as lágrimas voltavam a jorrar. Finalmente, soltou o frasco. Era inútil. Segurando a capa com uma mão, saiu correndo da botica, da mesma forma que tinha entrado. Meu pai ficou impassível. Muito tempo depois de ela ter saído, eu voltei ao meu canto, e quando penso nesse episódio sinto meu corpo inteiro vibrando – "Então é assim, lá fora", pensei. "É assim que as coisas são lá fora."

****

Você se lembra da sua infância? Sempre me deparo com esses relatos maravilhosos de escritores que afirmam recordar-se de "tudo". Não é o meu caso. Os trechos sombrios, as lacunas, são muito mais extensos que os relances iluminados. Pareço ter desperdiçado a maior parte do tempo como uma planta em um armário. Uma vez ou outra, quando o sol brilhava, uma mão descuidada me empurrava para o peitoril da janela, e uma mão descuidada me empurrava para dentro de novo – e mais nada. Mas me pergunto o que acontecia na escuridão. Eu crescia? Caule pálido... folhas tímidas... botão branco relutante. Por isso era odiado na escola. Mesmo os professores me evitavam. De alguma forma, eu sabia que minha voz, fraca e hesitante, lhes dava nojo. Sabia também que eles recuavam diante dos meus olhos fixos e atônitos. Eu era pequeno, magro e cheirava a botica; meu apelido era Gregory Powder[16]. A escola funcionava em um

---

16 Nome de um laxante infantil à base de leite de magnésia e gengibre. (N. do T.)

prédio de zinco, cravado em uma colina desmatada. Havia faixas vermelho-escuras parecidas com sangue nos bancos de argila do pátio. Escondo-me no corredor escuro, onde os casacos são pendurados, e sou descoberto por um dos professores. "O que você está fazendo aí no escuro?" Sua voz terrível me aniquila; morro diante dos seus olhos. Estou em meio a um círculo de cabeças, estendidas na minha direção; algumas sorriem, outras me olham ansiosas, outras cospem em mim. E está sempre frio. Imensas nuvens amassadas espremem-se no céu; a água enferrujada da cisterna da escola está congelada; o ecoar do sino soa abafado. Um dia, colocaram um passarinho morto no bolso do meu casaco. Encontrei-o logo que cheguei em casa. Ah, que estranha palpitação senti no meu coração quando recolhi aquele corpinho frio e mole, com pernas finas como alfinetes e as garras retorcidas. Sentei-me no degrau da porta que dava para o quintal e coloquei o pássaro no meu boné. As penas ao redor do pescoço pareciam úmidas e havia um tufo minúsculo sobre os olhos fechados que estava eriçado. Como seu bico estava completamente vedado! Nem conseguia ver onde ele se dividia. Estiquei uma asa e toquei seu interior secreto e macio; tentei fazer com que as garras se enrolassem no meu dedinho. Mas não senti pena dele – não! Apenas curiosidade. A fumaça da chaminé da nossa cozinha caía aos montes e flocos de fuligem flutuavam – leves e suaves no ar. Através de uma enorme fenda no cimento do quintal, uma planta infeliz com flores opacas e avermelhadas conseguira germinar. Olhei novamente para o passarinho morto... E essa é a primeira vez que me lembro de ter cantado – ou... de ter escutado uma voz silenciosa dentro da pequena gaiola que eu era.

****

Mas o que tudo isso tem a ver com a minha felicidade conjugal? Como tudo isso pode ter afetado minha esposa e eu? Por que – para contar o que aconteceu no último outono – tenho que percorrer todo esse caminho até o Passado? O Passado – o que é o Passado? Posso dizer que o floco de fuligem em forma de estrela na folha da planta infeliz, o pássaro morto no forro acolchoado do meu boné, o pilão do meu pai e a almofada da minha mãe pertencem ao passado. Mas isso não quer dizer que me pertençam menos agora do que quando lhes observava com meus próprios olhos e tocava-os com estas mãos. Não, são mais meus do que nunca; são parte viva de mim. Afinal, quem sou eu, sentado aqui diante desta mesa, além do meu próprio passado? Se eu rejeitar isso, não sou nada. Se tentasse dividir minha vida em infância, adolescência, juventude e daí em diante, seria pura hipocrisia; sei muito bem que o faria apenas pela agradável sensação de importância que se sente ao estabelecer limites, ao usar uma tinta verde para a infância, vermelho para a próxima etapa e roxo para a adolescência. Porque se há uma coisa que aprendi e em que acredito é que Nada Acontece de Repente. Sim, acho que essa é a minha religião.

A morte da minha mãe, por exemplo. Está mais distante de mim hoje do que quando aconteceu? Continua tão próxima, estranha e enigmática quanto antes e, apesar das incontáveis vezes em que evoquei suas circunstâncias, não sei nada além do que sabia à época, quer tenha sonhado com elas, quer tenham ocorrido realmente. Aconteceu quando tinha treze anos e dormia num quarto estreito, no que chamávamos de meio-piso. Uma noite, acordei assustado e vi minha mãe, de camisola e sem o odiado roupão de flanela, sentada na minha cama. Mas o que achei estranho e assustador foi que ela não olhava para mim. Sua cabeça pendia; os cabelos finos caíam sobre os ombros; as mãos se espremiam entre os joelhos; minha cama balançava, ela tremia. Era a primeira vez que a via fora do seu quarto. Disse-lhe, ou acho que disse: "É você, Mãe?" Virou-se para mim e pude ver, à luz do luar, como estava estranha. Seu rosto parecia pequeno – muito diferente. Ela parecia um dos meninos, sentado nos degraus da piscina da escola, tremendo como ela, querendo entrar, mas ainda amedrontado.

"Você está acordado?", ela perguntou. Seus olhos se abriram; acho que ela sorriu. Ela inclinou-se em minha direção. "Fui envenenada", sussurrou. "Seu pai me envenenou." E balançou a cabeça. Então, antes de eu dizer qualquer coisa, ela se foi; pensei ter ouvido a porta bater. Fiquei sentado imóvel, não conseguia me mexer, acho que estava esperando algo mais acontecer. Por um bom tempo, fiquei à espreita, ouvindo; não havia um som sequer. A vela estava ao lado da minha cama, mas eu estava com muito medo para esticar a mão e pegar um fósforo. E, ainda enquanto eu pensava no que fazer, enquanto meu coração disparava – tudo ficou confuso. Deitei-me e puxei as cobertas para mim. Adormeci e, na manhã seguinte, minha mãe foi achada morta, de infarto.

Essa visita aconteceu? Foi um sonho? Por que ela veio me contar? Ou por que, se ela veio mesmo, ela saiu tão rápido? E sua expressão – tão feliz sob a aparência amedrontadora – era de verdade? Acreditei piamente na sua veracidade na tarde do enterro, quando vi meu pai vestido para encenar seu papel, com chapéu e tudo. Aquele chapéu alto, brilhante e redondo parecia uma rolha coberta com lacre de cera preta, e o resto do meu pai se assemelhava terrivelmente a uma garrafa, com seu rosto servindo de rótulo – Veneno Mortal. A ideia me veio à mente quando fiquei em pé diante dele no saguão. E Veneno Mortal, ou velho V. N., foi meu apelido secreto para ele a partir desse dia.

****

Tarde, está ficando tarde. Adoro a noite. Adoro sentir a maré de escuridão erguendo-se lentamente e lentamente lavando, rolando, levantando, transbordando, espalhando tudo sobre a praia escura, escondendo tudo nos vãos das pedras. Eu adoro, adoro essa estranha sensação de ficar à deriva – para onde? Depois da morte da minha mãe, passei a odiar ir para a cama. Costumava ficar no parapeito da janela, encolhido, olhando o céu. Pra mim, a lua movia-se muito mais rápido do que o sol. E escolhi uma imensa estrela verde-clara só pra mim. Minha estrela! Nunca pensei nela acenando para mim ou piscando alegremente em meu benefício. Cruel, indiferente, esplêndida – ela ardia na vastidão da noite. Não importava – ela era minha! Mas, crescendo junto à janela, havia uma trepadeira com amontoados de florzinhas roxas e cor-de-rosa. Essas me conheciam. Quando tocava nelas à noite, elas acolhiam meus dedos; suas pequenas hastes, tão fracas, tão delicadas, sabiam que eu não as machucaria. Quando o vento movia suas folhas, eu sentia que podia entender por que balançavam. Quando me aproximava da janela, parecia que as flores diziam umas às outras: "O garoto chegou".

Com o passar dos meses, a luz do quarto do meu pai, abaixo do meu, ficava acesa com frequência. E comecei a ouvir vozes e risadas. "Ele está com uma mulher", pensei. Mas isso não significava nada para mim. Então a voz alegre e o som das risadas me deram a ideia de que era uma das garotas que costumavam vir à botica de noite – e, gradualmente, comecei a imaginar qual delas seria. Era a morena de saia e casaco vermelho que me ofereceu uma moeda certa vez. Um rosto animado inclinou-se sobre mim – sua respiração quente fez cócegas no meu pescoço – havia bolinhas pretas nos seus longos cílios e, quando ela abriu os braços para me beijar, senti uma onda maravilhosa de perfume! Sim, era ela.

O tempo passou e me esqueci da lua, da minha estrela verde e da trepadeira tímida – eu vinha à janela para esperar a luz do quarto do meu pai, para ouvir a voz risonha, até que uma noite eu cochilei e sonhei que ela voltava mais uma vez – mais uma vez ela me trazia para perto dela e algo suave, perfumado, quente e vibrante pairava sobre mim como uma nuvem. Mas quando eu tentava vê-la, seus olhos zombavam de mim, seus lábios vermelhos se abriam e ela sibilava: "Espiãozinho! Espiãozinho!" Mas ela não parecia zangada – ela parecia entender, e seu sorriso assemelhava-se ao sorriso de um rato – odioso.

Na noite seguinte, acendi a vela e, em vez de sentar-me à janela, fui para a mesa. Aos poucos, com a chama firme, um pequeno lago de cera líquida surgiu, rodeado por uma parede branca e lisa. Peguei um alfinete e fiz pequenos buracos nessa parede, fechando-os rapidamente, antes que a cera pudesse escapar. Depois de um tempo, percebi que a chama da vela entrou na brincadeira comigo; ela saltava, estremecia, sacudia-se; parecia até mesmo rir. Mas, enquanto eu brincava com a vela, sorria e destruía os montinhos brancos de cera que erguiam-se além da parede, fazendo-os flutuar no meu lago, uma sensação horrível de melancolia apoderou-se de mim – sim, essa é a palavra. Ela rastejou dos meus joelhos para as minhas coxas, até os meus braços; meu corpo agonizou de tristeza. Senti-me tão estranho que não podia me mexer. Algo me prendia ali, ao lado da mesa – não podia nem sequer largar o alfinete que tinha entre o indicador e o polegar. Por um momento, era como se eu tivesse parado no tempo.

Então, o casulo murcho do botão rompeu-se e caiu, a planta no armário floresceu. "Quem sou eu?", pensei. "O que é tudo isso?" E olhei para o meu quarto, para o busto quebrado do homem chamado Hahnemann[17] em cima do armário, para a minha pequena cama com um travesseiro semelhante a um envelope. Via tudo, mas não como antes... Tudo tinha vida, tudo. E não foi só isso que mudou. Eu estava igualmente vivo e – essa é a única forma de dizer – as barreiras entre nós tinham caído – eu chegara ao meu próprio mundo!

---

17 Christian Friedrich Samuel Hahnemann (1755-1843) foi um médico alemão, fundador da homeopatia. (N. do T.)

****

As barreiras caíram. Tinha sido um pequeno pária durante toda a minha vida; até aquele momento ninguém tinha me "aceitado"; eu tinha me mantido no armário – ou em uma caverna, solitário. Dessa vez, porém, fui recolhido, aceito, reivindicado. Não me afastei conscientemente da convivência com os seres humanos; nunca a conhecera; mas desde aquela noite, tomado pela emoção, voltei-me conscientemente para meus irmãos silenciosos...

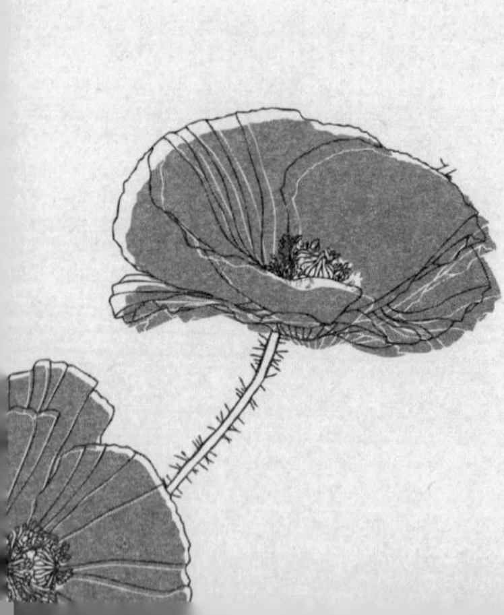

NINHO DE POMBOS

Depois do almoço, Milly e a mãe estavam sentadas, como sempre, na varanda localizada depois do salão, admirando pela milésima vez os goivos, as rosas, a grama curta e clara sob as palmeiras e as laranjas contra a oscilante linha azul, quando Marie trouxe-lhes um cartão. Era tão raro ter visitantes na Vila Martin. É verdade, o reverendo inglês, o Sr. Sandiman, já as tinha visitado e chegou a vir uma segunda vez para o chá, acompanhado da esposa. Mas algo horrível aconteceu na sua segunda visita. A Mãe tinha cometido uma gafe. Dissera: "Mais chá, Sr. Sandybags?"[18] Ah, que coisa terrível! Como pôde fazer um erro desses? Milly ainda enrubescia quando lembrava-se do episódio. Claramente ele não a perdoou; nunca mais retornou. Por isso, o cartão fez seus corações palpitarem.

---

18 *Sandybags* é um vocábulo quase homófono a *sandbags* ("sacos de areia"). (N. do T.)

Senhor Walter Prodger, dizia. Seguido de um endereço americano, tão abreviado que nenhuma das duas conseguiu entender. Walter Prodger? Nunca ouviram falar dele. A Mãe olhou do cartão para Milly.

"Prodger, querida?", perguntou calmamente, como se lhe oferecesse uma fatia de um pudim que nunca comera antes.

E Milly parecia segurar o prato, incerta, ao responder: "Não – sei, Mãe".

"São em ocasiões como essa", disse a Mãe, ficando um pouco agitada, "que sentimos falta dos nossos queridos criados ingleses. Se eu pudesse perguntar agora: 'Como ele se parece, Annie?', saberia se ia recebê-lo ou não. Ele pode muito bem ser um homem comum, vendendo algo – uma dessas invenções americanas para descascar coisas, sabe, querida? Ou até mesmo algum tipo de vigarista estrangeiro." A Mãe estremeceu com a palavrinha vívida e inclemente, como se tivesse se furado com a tesoura de bordar.

Ao ouvi-la, Marie sorriu para Milly e murmurou: "*C'est un très beau Monsieur*[19]".

"O que ela disse, querida?"

"Ela disse que ele tem ótima aparência, Mãe."

"Bem, é melhor...", começou a Mãe.

"Onde será que ele está agora?"

Marie respondeu: "No vestíbulo, Madame".

No saguão! A Mãe deu um sobressalto, realmente assustada.

---

19   "É um senhor muito bonito", em francês. (N. do T.)

No saguão, com todas aquelas coisinhas estrangeiras valiosas que não lhes pertenciam espalhadas nas mesas.

"Faça-o entrar, Marie. Venha, Milly, minha querida. Vamos recebê-lo no salão. Ah, por que a Srta. Anderson não está aqui?", lamentou a Mãe.

A Srta. Anderson, a nova acompanhante da Mãe, nunca estava onde precisavam dela. Fora contratada para ser uma comodidade, uma ajuda para as duas. Afeita a viagens, personalidade alegre, habilidosa em fazer malas e por aí vai. E então, depois de elas terem feito esse longo percurso, comprado a Vila Martin e se mudado, ela revelou ser Católica Romana. Ela gastava metade do seu tempo, mais da metade, estragando os joelhos das saias em igrejas frias. Era realmente muito...

A porta abriu. Um estranho de meia-idade, com a barba feita e muito bem-vestido curvou-se em reverência diante delas. Uma reverência majestosa. Milly percebeu que a Mãe ficou muito satisfeita; ela curvou-se como a Rainha Alexandra[20] em resposta. Milly, por sua vez, nunca se curvava. Ela sorriu, tímida, e profundamente curiosa.

"Tenho o prazer", disse o estrangeiro com muita cordialidade e um forte sotaque americano, "de me dirigir à Sra. Wyndham Fawcett?"

"Sou a Sra. Fawcett", disse a Mãe, graciosamente, "e esta é a minha filha, Mildred."

---

20 Rainha Consorte do Reino Unido e dos Domínios Britânicos e Imperatriz Consorte da Índia entre 1901 e 1910. (N. do T.)

"Prazer em conhecê-la, Srta. Fawcett." E, bruscamente, o estranho estendeu a mão fria para Milly, que a apertou pouco antes de ela desaparecer de novo.

"Não quer sentar-se?", perguntou a Mãe, acenando levemente para as cadeiras douradas.

"Sim, obrigado", disse o estranho.

Ainda solene, sentou-se, cruzou as pernas e, surpreendentemente, os braços também. Olhou-as por cima dos braços morenos, como se as observasse sobre uma fortaleza.

"Milly, sente-se, querida."

Milly sentou-se também, no sofá *Madame Récamier*[21], e traçou com o dedo o contorno de uma das flores bordadas. Houve um momento de silêncio. Ela viu o estranho engolir em seco; o leque da Mãe abriu e fechou.

Então ele disse: "Tomei a liberdade de vir visitá-la, Sra. Fawcett, porque tive o prazer de conhecer seu marido nos Estados Unidos há alguns anos, em uma conferência. Gostaria muito de retomar nossa – bom – atrevo-me a chamar de nossa amizade. Ele está com vocês no momento? Estão esperando-o de volta? Percebi que seu nome não foi mencionado no jornal local. Mas imagino que seja um costume estrangeiro, talvez – dar preferência ao nome da dama".

Nesse momento o estranho pareceu que ia sorrir.

---

21 Divã. Referência ao retrato executado pelo pintor Jacques-Louis David (1748-1825) da socialite francesa Juliette Récamier (1777-1849), sentada em um divã. Graças à pintura, o nome "sofá Madame Récamier" se tornou popular na Europa do século XIX. (N. do T.)

Na verdade, foi extremamente embaraçoso. A boca da Mãe oscilou. Milly espremeu as mãos entre os joelhos, mas parecia firme sob as sobrancelhas. Boa e nobre Mamãezinha! Como Milly ficou orgulhosa ao ouvi-la dizer, gentilmente, com simplicidade: "Sinto muito em dizer que meu marido faleceu dois anos atrás". O Sr. Prodger teve um sobressalto. "Faleceu?" Seu lábio inferior estirou-se, a testa franziu, ele refletiu: "Sinto muito em ouvir isso, Sra. Fawcett. Espero que acredite que não tinha ideia de que seu marido tivesse... partido".

"Claro." A Mãe delicadamente alisou a saia.

"Espero", disse o Sr. Prodger, ainda mais sério, "que minhas perguntas não tenham lhe causado dor."

"Não, não. Está tudo bem", disse a voz gentil.

Mas o Sr. Prodger insistiu: "A senhora tem certeza? Absoluta?"

Então a Mãe levantou a cabeça e lançou-lhe um de seus olhares exaltados, luminosos e tranquilos que Milly conhecia tão bem. "Não estou nem um pouco magoada", disse ela, como quem fala no meio de uma fornalha incandescente.

O Sr. Prodger pareceu aliviado. Mudou de atitude e continuou. "Espero que essa lastimável circunstância não me prive da sua..."

"Ah, certamente não. Ficaremos encantadas. Temos muito prazer em conhecer qualquer um que..." A Mãe saltitou, tremeu levemente. Voou do galho sombrio para um outro, ensolarado. "É sua primeira vez na Riviera?"

"Sim", respondeu o Sr. Prodger. "Na verdade, estava em

Florença até agora há pouco. Mas peguei um forte resfriado lá..." "Florença é tão úmida", piou a Mãe.

"E o médico me recomendou que viesse para cá tomar um pouco de sol antes de voltar para casa."

"O sol é tão adorável aqui", concordou entusiasmada a Mãe.

"Bom, não acho que tenha havido muito sol", disse o Sr. Prodger, em dúvida, cerrando os lábios. "Parece-me que tenho ficado sentado no meu hotel muito mais do que gostaria."

"Ah, hotéis são muito cansativos", disse a Mãe, simpatizando com sua situação, ao imaginar um homem solitário em um hotel... "Você está sozinho aqui?", perguntou, delicadamente, por precaução... nunca se sabe... era melhor assegurar-se, ter tato.

Mas seus temores eram infundados.

"Ah, sim, estou sozinho", exclamou o Sr. Prodger, com mais entusiasmo do que nunca, retirando um pedaço de fio das suas calças imaculadas. Algo na sua voz intrigou Milly. O que teria sido?

"Mesmo assim, a paisagem é tão bonita", disse a Mãe, "que não se sente necessidade de ter amigos. Estava justamente dizendo para minha filha ontem que poderia viver aqui por anos sem passar do portão do jardim. É tudo tão bonito."

"Não é?", disse o Sr. Prodger, solenemente. E adicionou: "A senhora tem uma propriedade muito encantadora". E olhou ao redor do salão. "Toda essa mobília antiga é genuína, imagino."

"Acredito que sim", respondeu a Mãe. "Deram-me a entender que sim. Sim, nós amamos nossa vila. Claro que é muito grande para duas, quero dizer, três damas. Minha acompanhante, a Srta. Anderson, está conosco. Mas, infelizmente, ela é Católica Romana, então fica fora a maior parte do tempo."

O Sr. Prodger curvou-se, como se concordasse que os Católicos Romanos raramente ficavam em casa.

"Mas eu gosto tanto de espaço", continuou a Mãe, "e minha filha também. Ambas adoramos salas imensas e em grande quantidade – não é, Milly?"

Dessa vez, o Sr. Prodger olhou para Milly amistosamente e comentou: "Sim, jovens gostam de bastante espaço para andar de um lado para o outro".

Ele levantou-se, colocou uma mão atrás das costas, juntando-lhe depois a outra mão, e foi até a varanda.

"Vocês têm vista para o mar aqui", observou.

As damas já deveriam ter percebido; todo o Mediterrâneo oscilava diante das janelas.

"Gostamos tanto do mar", disse a Mãe, levantando-se também.

O Sr. Prodger olhou para Milly. "Está vendo esses iates, Srta. Fawcett?"

Milly via-os.

"Você sabe o que estão fazendo?", perguntou o Sr. Prodger.

O que estavam fazendo? Que pergunta! Milly olhou para os iates e mordeu o lábio.

"Estão apostando corrida!", disse o Sr. Prodger e, dessa vez, sorriu de verdade para ela.

"Ah, sim, claro", gaguejou Milly. "Claro que estão." Ela sabia disso.

"Bom, não estão sempre apostando corrida", disse o Sr. Prodger, de bom humor. E virou-se para a Mãe e começou a despedir-se cerimoniosamente.

"Estava pensando", hesitou a Mãe, juntando as mãozinhas e olhando para ele, "se você não se importaria de almoçar conosco – se não seria enfadonho demais comer com duas damas. Ficaríamos muito contentes."

O Sr. Prodger ficou intensamente sério novamente. Parecia juntar suas forças para responder ao convite para o almoço. "Muitíssimo obrigado, Sra. Fawcett. Adoraria."

"Será muito agradável", disse a Mãe, calorosamente. "Deixe-me ver. Hoje é segunda-feira – não é, Milly? Quarta-feira está bom para você?"

O Sr. Prodger respondeu: "Quarta-feira está ótimo para mim, Sra. Fawcett. À *midi*[22], como dizem por aqui, presumo".

"Ah, não! Nos mantemos no horário inglês. À uma da tarde", disse a Mãe.

Com tudo combinado, o Sr. Prodger tornou-se ainda mais cerimonioso e manteve-se curvado até sair da sala.

A Mãe tocou o sino para que Marie o acompanhasse e, logo depois, ouviram a grande porta de vidro do saguão fechar.

"Bom!", disse a Mãe. Estava toda sorridente. Pequenos sorrisinhos como borboletas, surgindo e desaparecendo dos seus lábios. "Foi uma bela aventura, Milly, não foi, querida? Achei que ele é um homem bastante encantador, você não achou?"

---

22 "Ao meio-dia", em francês. (N. do T.)

Milly fez uma careta para a Mãe e esfregou os olhos.

"Claro que achou. Você deve, minha querida. Sua aparência era muito satisfatória – não era?" A Mãe estava obviamente fascinada. "Quero dizer, parecia tão bem cuidado. Você prestou atenção nas mãos dele? Suas unhas brilhavam como diamantes. Devo dizer que gosto de ver..."

Ela parou de falar. Aproximou-se de Milly e ajeitou sua gola.

"Você acha que fiz bem em convidá-lo para o almoço – não é, querida?", perguntou, patética.

A Mãe a fazia se sentir tão grande, tão alta. Ela era alta. Podia segurar a Mãe nos braços. Às vezes, raramente, quando sentia vontade, chegava mesmo a fazê-lo. Levantava a Mãe, que guinchava e esperneava como um rato. Mas, ultimamente, perdera o costume. Muito raramente agora...

"Foi tão estranho", disse a Mãe. O olhar exaltado, luminoso e tranquilo surgiu mais uma vez. "Subitamente pensei ter ouvido seu Pai dizer 'Convide-o para almoçar'. E depois houve uma espécie de – aviso... Acho que era sobre o vinho. Mas não consegui entender – infelizmente", acrescentou, com pesar. Colocou a mão sobre o peito; abaixou a cabeça. "O Pai ainda está tão próximo", sussurrou.

Milly olhou pela janela. Ela odiava quando a Mãe falava assim. Mas, claro, não podia dizer nada. Do outro lado da janela, lá estava o mar, e a luz do sol cintilando sobre as palmeiras, como água pingando de remos prateados. Milly sentiu um desejo – de que exatamente? – de voar.

A voz da Mãe trouxe-a de volta ao salão e suas cadeiras douradas, seus sofás, candelabros e armários dourados, suas mesas com flores adocicadas, seus bordados desbotados, seus dragões chineses com manchas rosadas no aparador e suas cordas com dois grandes nós de marinheiro que amparavam a lenha.

"Acho que um pernil de cordeiro cairia bem, não é, querida?", disse a Mãe. "A carne de cordeiro é tão tenra nessa época do ano. E, para os homens, não há nada como um bom pedaço de carne assada. Além disso, Yvonne sabe preparar tão bem o pernil, com aquela franjinha rendada de papel em volta. Ela sempre me lembra de algo – não consigo lembrar do quê. Mas, com certeza, fica muito bonito."

****

Chegou a quarta-feira. As palpitações que a Mãe e Milly tinham sentido quando receberam o cartão estendeu-se a toda a vila. Não, não era exagero dizer que toda a vila animara-se com a ideia de receber um homem para o almoço. A velha e desajeitada Yvonne voltou sacolejando do mercado com um pedaço de gorgonzola tão perfeito que, quando encontrou Marie na cozinha, jogou a imensa cesta no chão, pegou o queijo e segurou-o contra o peito ofegante, ainda embrulhado no papel.

"*J'ai trouvé un morceau de gorgonzola*", ofegou, virando os olhos para cima como se convidasse os céus a admirar o pedaço de queijo. "*J'ai un morceu de gorgonzola ici pour um prince, ma fille.*"[23] E, sibilando a palavra "*prrr-ince*" como um raio, enfiou o queijo debaixo do nariz de Marie. Ela, que era uma criatura delicada, quase desmaiou com o choque.

"Você acha", gritou Yvonne, com desdém, "que eu compraria um queijo assim para essas damas? Nunca. Nunca. *Jamais de ma vie.*"[24] Seu dedo grosso como linguiça balançou diante do nariz e ela começou uma sofrível imitação da Mãe: "Nós não temos muito apetite, Yvonne. Nós gostamos muito de ovos cozidos e purê de batatas e uma saladinha simples. Ah, vá!" Soltando um ruído de desprezo, tirou o xale, arregaçou as mangas e começou a esvaziar a cesta. No fundo, havia uma garrafa achatada que ela, suspirando, colocou de lado.

"*De quoi pour mes cors*",[25] disse.

E Marie, tirando uma garrafa de Sauternes[26] e carregando-a para a sala de jantar, murmurou, ao fechar a porta da cozinha: "*Et voilà, pour les cors de Monsieur!*"[27]

A grande sala de jantar era coberta com painéis de madeira escura. Tinha um enorme aparador sobre a lareira e cadeiras entalhadas cobertas com seda carmim. Na pesada mesa envernizada havia um vaso oval de vidro decorado com pequenas guirlandas douradas. Esse vaso, que Marie devia sempre manter

---

23 "Encontrei um pedaço de gorgonzola" e "Tenho aqui um pedaço de gorgonzola para um príncipe, minha filha", respectivamente, em francês. (N. do T.)
24 "Nunca na minha vida", em francês. (N. do T.)
25 "Para os meus calos", em francês. (N. do T.)
26 Vinho branco de sobremesa, originário da cidade de mesmo nome, no sul da França. (N. do T.)
27 "E esse é para os calos do Senhor", em francês. (N. do T.)

repleto de flores frescas, a fascinava. Ficava arrepiada só de vê-lo. Parecia-lhe, solitário no meio daquela imensidão sombria, um pequeno sarcófago. Um dia, ao passar para a varanda de pedra pelas portas-balcão e descer os degraus para o jardim, ela teve a brilhante ideia de fazer um arranjo de flores que servisse a uma das damas em qualquer ocasião trágica no futuro. Sua primeira criação foi terrível. O Túmulo da Senhorita Anderson com amores-perfeitos pretos, lírios-do-vale e heliotropos nas bordas. Sentiu um misto de intenso prazer e curiosidade quando viu sua obra na mesa, ao passar as batatas para a Senhorita Anderson. Era como (ó, céus!), como passar batatas para um cadáver.

O Túmulo da Madame foi, ao contrário, quase alegre. Pendurou florzinhas tolas, metade amarelas e metade azuis, na borda do vaso, dispôs faixas verdes para todos os lados e, no meio, uma grande rosa escarlate. Marie chamou-a de coração ensanguentado. Mas ela não se parecia em nada com um coração sangrando. Parecia uma mistura de rubor e entusiasmo, como a Mãe emergindo da suntuosidade de um banho quente.

O túmulo de Milly, claro, era inteiro branco. Goivos brancos e pequenos botões de rosas brancas emoldurados em um galhinho ou dois de buxos escuros. Eram os favoritos da Mãe.

Pobrezinha! Marie, junto ao aparador, teve que se virar quando ouviu a Mãe exclamar: "Não é bonito, Milly? Não é encantador? Tão artístico. Tão original". E disse para Marie: "*C'est très joli, Marie. Très original*".[28]

---

28 "Está muito bonito, Marie. Muito original", em francês. (N. do T.)

O sorriso de Marie pareceu incomum que Milly, descascando uma tangerina, comentou: "Acho que ela não gosta que a senhora lhe faça elogios. Ela fica incomodada".

Mas, hoje – a ocasião era tão ilustre que Marie sentiu-se até fraca quando pegou sua tesoura de poda. O Túmulo de um Belo Senhor. Ela estava proibida de cortar as orquídeas que cresciam ao redor da fonte. Mas orquídeas não serviam justamente para ocasiões como essa? Seus dedos tremiam enquanto ela usava a tesoura. Essa quantidade já bastava; Marie acrescentou dois ramos pequenos de palmeiras. E, de volta à sala de jantar, ela teve a feliz ideia de retirar cuidadosamente alguns fios dourados das borlas da cortina e fazer uma trança com eles, usando-a para amarrar os ramos da palmeira. O efeito foi extraordinário. Marie imaginou seu belo Senhor, muito pequeno, minúsculo, no fundo do vaso, vestindo um traje de noite completo, uma faixa atravessando o peito, com as orelhas brancas feito cera.

****

O que surpreendeu Milly, no entanto, foi que a Srta. Anderson também estava inquieta com a chegada do Sr. Prodger. Quando ela veio para o café da manhã, pôde-se ouvir o farfalhar da sua melhor blusa preta de seda, sua blusa de domingo, com o imenso e triste crucifixo sobre o peito. Milly estava sozinha quando a Srta. Anderson entrou na sala de jantar. Algo lamentável, já que ela sempre tentava evitar ficar sozinha com a Srta. Anderson. Ela não sabia dizer exatamente o porquê; era apenas uma sensação. Tinha medo de que a Srta. Anderson fosse dizer algo sobre Deus, ou revelar-lhe algo terrivelmente íntimo. Ah, ela preferiria ser tragada pela terra se algo assim acontecesse; ela morreria. Imaginem se ela perguntasse: "Milly, você acredita no nosso Senhor?" Céus! Ela não conseguia nem pensar no assunto.

"Bom dia, minha querida", disse a Srta. Anderson, e seus dedos, frios e pálidos como as velas da igreja, tocaram as bochechas de Milly.

"Bom dia, Srta. Anderson. Gostaria que eu lhe trouxesse o café?", disse Milly, tentando soar natural.

"Obrigado, filha querida", disse a Srta. Anderson e, soltando sua risada leve e nervosa, colocou os óculos e observou a cesta de pães. "É hoje que vocês esperam nosso convidado?", perguntou.

Por que fazer essa pergunta? Por que fingir se ela sabia perfeitamente bem? Era tudo parte da sua esquisitice. Ou será que ela queria mostrar-se amigável? A Srta. Anderson era mais que amigável; ela era amável. Mas havia sempre algo estranho nela. Estaria ela espionando? Na escola, diziam que os Católicos Romanos espionavam... Ouvia-se o farfalhar da Srta. Anderson, como uma folha morta, por toda a casa. Agora lá ia ela pelas escadas, agora no corredor do andar de cima. Às vezes, à noite, quando Milly estava agitada demais para dormir, ela ouvia o farfalhar do outro lado da sua porta. Era a Srta. Anderson olhando pelo buraco da fechadura? Uma noite ela chegou a pensar que a Srta. Anderson fizera dois buracos na parede sobre a sua cabeça para observá-la. A sensação era tão forte que, da próxima vez que ela entrou no quarto da Srta. Anderson, tentou achar o lugar exato com os olhos. Para seu terror, tinham pendurado um imenso quadro na parede. Ele já estava ali antes?...

"Convidado?" O pão crocante do café da manhã partiu-se ao meio ao som da palavra.

"Sim, acho que é", disse Milly, vagamente, fitando-a distraída com seus florais olhos azuis.

"Vai ser uma bela mudança no nosso pequeno grupo", disse a voz demasiadamente agradável. "Admito que sinto falta da companhia de homens. Já houve tantos homens presentes na minha vida. Acho que as mulheres desacompanhadas tendem a ficar um pouco – hmmm – hmmm..." E, ao servir-se de geleia de cereja, derrubou um pouco na toalha.

Milly abocanhou o pão, como uma criança. Não tinha nada a responder. Como a Srta. Anderson a fazia sentir-se imatura! Tinha vontade de ser travessa, de derrubar leite na cabeça dela ou fazer barulho com a colher.

"Mulheres desacompanhadas", continuou a Srta. Anderson, indiferente aos pensamentos de Milly, "tendem a limitar muito seus interesses."

"Por quê?", perguntou Milly, forçada a retrucar. As pessoas sempre diziam isso, o que lhe parecia muito injusto.

"Acho", disse a Srta. Anderson, tirando os óculos e parecendo um pouco tola, "que é a ausência de discussões políticas."

"Ah, política!", exclamou Milly, entusiasmada. "Odeio política. O Pai costumava dizer..." Mas calou-se subitamente. Enrubesceu. Ela não queria falar sobre o Pai para a Srta. Anderson.

"Ah! Veja! Veja! Uma borboleta!", gritou a Srta. Anderson,

rápida e suave. "Veja, que adorável!" Suas próprias bochechas coraram levemente ao ver a adorável borboleta voando tão devagar sobre a mesa envernizada.

Como a Srta. Anderson fora gentil – terrivelmente gentil. Ela deve ter percebido que Milly não queria falar sobre o Pai, então mencionou a borboleta propositalmente. Milly sorriu para a Srta. Anderson como nunca lhe sorrira antes. E disse, com a voz doce e jovial: "É uma graça, não é? Adoro borboletas. Elas são tão dóceis".

****

A manhã voou, como sempre acontece quando se está no estrangeiro. A Mãe tentava decidir se ia usar seu chapéu no almoço.

"O que você acha, Milly? Você acha que, como chefe da casa, seria apropriado? Por outro lado, é preferível evitar fazer algo extremo."

"Qual deles, Mãe? O cogumelo ou o pote de geleia?"

"Ah, o pote de geleia não, querida." A Mãe já estava acostumada com os nomes que Milly dava a seus chapéus. "De qualquer modo não me sinto bem com chapéus sem aba. E, para dizer a verdade, ainda não estou certa se foi sensato comprar o pote de geleia. Tenho a sensação de que, se o Pai me visse com ele na cabeça, ficaria perplexo. Ultimamente, mais de uma vez", continuou a Mãe, rápida, "tenho pensado em retirar o forro, virá-lo do avesso e transformá-lo em uma bela bolsinha de costura. O que você acha, querida? Mas não vamos falar disso agora, Milly. Não é o momento para esses assuntos. Vamos para a varanda. Eu disse a Marie que tomaríamos café lá. O que acha de levarmos aquela cadeira com as pernas grandes e refinadas para o Sr. Prodger? Os homens gostam tanto de coisas refinadas, grandes... Não, não faça isso sozinha, carinho! Deixe-me ajudá-la."

Quando terminaram de carregar a cadeira, Milly achou que ela era igualzinha ao Sr. Prodger. Era o Sr. Prodger admirando a vista.

"Não, não se sente nela. Você não deve", gritou ela rapidamente, quando a Mãe começava a abaixar-se. Colocou o braço ao redor da Mãe e levou-a para o salão.

Felizmente, nesse momento surgiu um farfalhar, seguido pela Srta. Anderson. No momento exato, para variar. Ela trazia uma cópia do jornal matutino.

"Tenho tentado descobrir através disso aqui", disse ela, batendo levemente no jornal com os óculos, "se o Congresso está reunido no momento. Infelizmente, depois de lê-lo de cabo a rabo, dei uma olhada no cabeçalho e descobri que é de cinco semanas atrás.

Congresso! Será que o Sr. Prodger esperava que conversassem sobre o Congresso? A ideia apavorou a Mãe. Congresso! O parlamento americano, claro, era composto de senadores – velhos grisalhos e barbados com sobrecasacas e colarinhos com botões, parecendo missionários. Mas ela não se sentia nada à vontade para discutir o assunto.

"Acho que não deveríamos ser muito intelectuais", sugeriu

ela, tímida, com medo de desapontar a Srta. Anderson, mas com ainda mais medo da alternativa.

"Mesmo assim, é bom estar preparada", disse a Srta. Anderson. E, depois de uma pausa, acrescentou delicadamente: "Nunca se sabe".

Ah, como isso é verdade! Nunca se sabe. A Srta. Anderson e a Mãe pareciam estar refletindo essa realidade. Sentaram-se silenciosas, com a cabeça baixa, como se ouvissem o sussurrar dessas palavras.

"Nunca se sabe", disseram os dragões com manchas rosadas no aparador, e os nós de marinheiro contemplaram. Não se sabe de nada – nada. Todo mundo simplesmente espera que as coisas aconteçam, assim como elas esperavam pelo estranho que caminhava até elas através do sol e das sombras sob os plátanos florescendo ou que, talvez, vinha em uma das pequenas carruagens com cobertura de lona... Um anjo passou pela Vila Martin. Nesse momento de antecipação silenciosa algo tímido, algo suplicante pareceu elevar-se, pareceu colocar-se à disposição, como as flores do salão, erguidas, ofereciam-se à luz.

Então a Mãe disse: "Espero que o Sr. Prodger não ache o odor das dormideiras muito forte. Os homens, geralmente, não gostam muito de flores dentro de casa. Ouvi dizer que chega a causar-lhes alergias, em alguns casos. O que você acha, Milly? Será que deveríamos, talvez..." Mas não houve tempo de fazer nada. Um trinado longo e sólido veio da porta do saguão. Era um som tão calmo e sereno, tão diferente do empurrãozinho que elas davam no sino, que foram trazidas de volta à solenidade do momento. Ouviram a voz de um homem; a porta fechou novamente. Ele estava dentro da casa. Ouviu-se uma bengala sobre a mesa. Fez-se uma pausa e, então, a maçaneta da porta do salão girou e Marie, em babados de musselina e avental em formato de coração, introduziu o Sr. Prodger.

Só o Sr. Prodger, afinal? Mas quem Milly esperava ver? A sensação de que ela não se surpreenderia ao ver alguém diferente surgiu e desapareceu, antes mesmo de ela perceber que esse não era exatamente o mesmo Sr. Prodger de antes. Ele estava mais elegante do que nunca; todo penteado, escovado, brilhante. As orelhas que pareceram brancas como cera para Marie reluziam como se lhe tivessem passado um esmalte rosado. A Mãe tremulava daquele seu jeitinho característico, esperando que ele não achasse o calor do dia muito penoso para ficar do lado de fora na... mas, felizmente, ainda não era época de pólen. Apresentaram-lhe a Srta. Anderson. Dessa vez, Milly estava pronta para aquela mão fria, mas quase perdeu o fôlego; estava tão gélida. Era como se lhe estendessem uma mão acabada de sair da água. Então, sentaram-se todos.

"É a sua primeira visita à Riviera?", perguntou a Srta. Anderson, graciosamente, deixando cair seu lencinho.

"Sim", respondeu o Sr. Prodger solenemente, cruzando os braços como antes. "Na verdade, estava em Florença até agora há pouco. Mas peguei um forte resfriado lá..."

"Florença é tão...", começou a Mãe, quando o belo gongo de metal, que brilhava como o sol poente nas sombras do saguão, começou a vibrar. Começava com um murmúrio baixo, depois ganhava volume, acelerava-se e explodia em um estrondo triunfal sob os dedos compreensivos de Marie. Nunca presenciaram tal espetáculo antes. O Sr. Prodger atentava-se a tudo.

"Que magnífico gongo", aprovou ele.

"Parece-nos tão exótico", disse a Mãe. "Dá um certo sabor oriental às nossas refeições. Vamos."

O convidado parou diante da porta, curvando-se.

"Tantos cavalheiros para apenas uma dama", alvoroçou-se a Mãe. "Quero dizer que os papéis se inverteram. Quer dizer – venha, Milly, venha, querida." E conduziu-os à sala de jantar.

Bom, ali estavam eles. Os encantadores formatos dos novos e frios guardanapos foram sacudidos e Marie passou a omelete. O Sr. Prodger estava sentado à direita da Mãe, em frente a Milly, e a Srta. Anderson estava de costas para as portas-balcão. Afinal – por que o fato de ter um homem com elas fazia tanta diferença? Fazia; fazia toda a diferença.

Por que deveriam sentir-se tão alvoroçadas ao ver aquela grande mão estendida, movendo-se entre as taças de vinho? Por que aquele "Ah, hmmm!" alto e confiante chegava a mudar o aspecto da sala de jantar? Via de regra, aquele nem era o cômodo favorito delas; era opressor demais. Moviam-se hesitantes ao redor da mesa clara, sentindo-se estranhamente expostas. Pareciam aqueles hóspedes tímidos que chegam de forma inesperada no elegante hotel e a quem é oferecido o que já está pronto naquele instante, enquanto o verdadeiro banquete, os verdadeiros convidados aguardam no fundo, cheios de desdém e conscientes de sua importância. E apesar de ser impossível para Marie deixar de ser competente, ágil e silenciosa, como poderia entregar-se de coração ao serviço do mais tedioso dos espetáculos – três mulheres comendo sozinhas?

Agora tudo mudara. Marie enchia suas taças até a borda como se as recompensasse por esse maravilhoso feito de coragem. Essas tímidas damas inglesas tinham capturado um leão vivo, um leão de verdade, cheirando levemente a água de colônia, e com a ponta do lencinho da lapela aparecendo, branco como um floco de neve.

"Ele merece", decidiu Marie, fitando suas orquídeas e ramos de palmeiras.

O Sr. Prodger tocou seu prato quente com dedos agradecidos.

"Você não vai acreditar, Sra. Fawcett", comentou ele, virando-se para a Mãe, "mas esta é a primeira refeição quente que como desde que deixei os Estados Unidos. Já tinha começado a acreditar que nunca experimentaria duas coisas na Europa. Uma delas era uma refeição quente, e a outra, um copo de água gelada. Bom, dá para passar sem água gelada, mas sem uma refeição quente é mais difícil. Já estava tão desanimado com os pratos frios e empapados que me serviam por todo lado que, quando estava negociando meu hotel com a agência de viagens antes de vir para cá, disse: 'Não me importa onde vou ficar. Não me importam os custos. Mas, por favor, achem-me um hotel onde possa ter uma refeição quente ao simples tocar do sino'."

A Mãe, apesar de exteriorizar toda sua simpatia, achou seu relato um pouco desconcertante. Teve uma súbita visão do Sr. Prodger tocando o sino sem parar, e pedindo sempre comida quente. Algo tão estranho de se fazer a toda hora.

"Sempre ouvi dizer que os hotéis americanos são muito bem equipados", disse a Srta. Anderson. "Telefones em todos os quartos e até mesmo máquinas de escrever."

Milly imaginou a Srta. Anderson lendo sobre as tais "máquinas de escrever".

"Adoraria ir para a América", exclamou, enquanto Marie trazia o cordeiro, colocando-o diante da Mãe.

"Certamente não há nada de errado com a América", disse o Sr. Prodger, solene. "Os Estados Unidos são um grande país. O que é isso? Ervilhas? Bom, vou pegar um pouco. Geralmente não como ervilhas. Não, salada não, obrigado. Não com a carne quente."

"Mas o que lhe faz querer ir para a América?" A Srta Anderson curvou-se para a frente, sorrindo para Milly, e seus óculos caíram sobre o prato, quase atingindo o molho.

Porque ela queria ir para todo lugar, era essa a resposta verdadeira. Mas o olhar azul floral de Milly pairou atencioso sobre a Srta. Anderson, e ela disse: "O sorvete. Adoro sorvete".

"É mesmo?", disse o Sr. Prodger, pousando seu garfo; pareceu emocionado. "Então você gosta de sorvete, Srta. Fawcett?"

Milly transferiu o olhar atencioso para ele. Foi assim que respondeu.

"Bom", disse o Sr. Prodger alegremente e começou a comer novamente: "Gostaria de vê-la experimentando-o. Sinto muito não ser possível mandar trazer de navio. Gosto de ver os jovens conseguindo o que querem. De alguma forma, parece adequado".

Que gentil! Será que ele quer mais cordeiro?

O almoço passou tão rápido, tão agradável, que o famoso pedaço de gorgonzola estava na mesa com toda a sua gordura e opulência antes que houvesse sequer um instante embaraçoso. A verdade era que o Sr. Prodger mostrou-se muito fácil de entreter, sempre pronto a conversar. De acordo com a Mãe, geralmente os homens não gostavam de conversar. Eles não pareciam compreender que não importa muito o que se diga; o importante é não deixar a conversa esmorecer. Tão estranho! Mesmo os melhores homens ignoravam essa regra simples. Eles se recusavam a perceber que uma conversa é como um lindo bebezinho trazido para ser apreciado por todos. Você deve agitá-lo, niná-lo, passá-lo de mão em mão para que ele continue a sorrir. O que poderia ser mais simples? Mas até mesmo o Pai... A Mãe afastou-se das memórias que não eram tão agradáveis quanto deveriam ser.

Mesmo assim, não podia deixar de esperar que o Pai visse como aquele almoço era um sucesso. Ele adorava ver Milly feliz e a filha parecia tão animada, como não ficava havia semanas. Ela perdera aquela expressão sonhadora, o que, apesar de muito agradável, não parecia natural na idade dela. Talvez ela não precisasse de um tônico estimulante, mas apenas de uma distração.

"Tenho sido muito egoísta", pensou a Mãe, culpando-se como sempre. Ela colocou a mão sobre o braço de Milly, apertando-o levemente quando se levantaram da mesa. Marie abriu a porta para a figura branca e para a figura cinza; para a Srta. Anderson, que espiava, míope, como se procurasse por algo; para o Sr. Prodger que seguia atrás, caminhando imponente, com o ar benigno de um Senhor que comera bem.

****

Além da varanda, o jardim, as palmeiras e o mar flutuavam, banhados em uma luz trêmula.

Nem uma folha se movia; as laranjas eram pequenos mundos de luz incandescente. Ouvia-se o ruído dos gafanhotos, tocando seus pequenos pandeiros, e o zumbido das abelhas pairando, como se antecipassem a alegria de embrenhar-se nos goivos e nas rosas abertos e cálidos. O som do mar lembrava um sopro, um suspiro.

Será que o pequeno grupo na varanda conseguia ouvir? Os dedos da Mãe moveram-se pelas xícaras de café pretas e douradas; a Srta. Anderson trouxe uma cadeira extremamente desconfortável do salão e sentou-se. O Sr. Prodger colocou sua mão larga no parapeito de pedra amarela da varanda e comentou, sério: "Esse corrimão da varanda está muitíssimo quente".

"Dizem", falou a Mãe, "que o dia está mais quente por volta das duas e meia da tarde. Certamente já percebemos que é muito quente nessa hora."

"Sim, é adorável nessa hora", murmurou Milly, estendendo sua mão para o sol. "Fica simplesmente fervendo!"

"Então você não tem medo do sol?", perguntou o Sr. Prodger, recebendo a xícara de café da Mãe. "Não, obrigado. Não vou querer creme. Apenas um cubinho de açúcar." E sentou-se, equilibrando a pequena e ruidosa xícara no seu amplo joelho.

"Não, eu adoro o sol", respondeu Milly, e começou a mordiscar o cubinho de açúcar...

SEIS ANOS DEPOIS

Não era a tarde ideal para se ficar no convés – muito pelo contrário. Era exatamente o tipo de tarde em que não há lugar mais confortável que uma cabine quente, uma cama quentinha. Agasalhada com um cobertor grosso, uma bolsa de água quente e uma xícara escaldante de chá, ela não se importaria nem um pouco com o tempo. Mas ele... ele odiava cabines, odiava ficar dentro de qualquer lugar mais tempo do que o absolutamente necessário. Ele adorava ficar, como costumavam dizer, completamente aberto, especialmente quando viajava. Não era de se espantar, considerando a quantidade de tempo que gastava trancado no escritório. Então, quando ele saiu correndo assim que subiram a bordo e voltou cinco minutos depois, dizendo que tinha reservado duas espreguiçadeiras no lado do convés contra o vento e que o comissário já estava estendendo os cobertores, sua voz murmurou, através da gola alta de pele de foca: "Que bom..."; e, porque ele olhava para ela, sorriu-lhe com os olhos radiantes e piscou levemente, como se dissesse: "Sim, está perfeito – absolutamente". E estava sendo sincera.

"Então deveríamos...", disse ele, e colocou a mão dela no braço dele e começou a conduzi-la para onde estavam as espreguiçadeiras. Ela mal teve tempo de ofegar: "Não tão rápido, Paizinho, por favor", quando ele se lembrou e foi mais devagar.

Que estranho! Estavam casados havia vinte e oito anos e ainda era um esforço para ele, toda vez, adaptar-se ao ritmo dela.

"Não está com frio, está?", ele perguntou, olhando de lado para ela. O nariz dela, rosa-avermelhado sobre a pele de foca escura, era resposta suficiente. Mas ela enfiou a mão livre no bolso de veludo do seu casaco e murmurou alegremente: "Vou ficar feliz com o meu cobertor".

Ele apertou-a com mais força – um apertar ágil, nervoso. Ele sabia, claro, que ela preferiria ficar lá embaixo, na cabine; ele sabia que aquela não era uma tarde apropriada para ela sentar-se no convés, em meio à névoa fria e cortante, contra o vento ou a favor dele, com cobertores ou sem, e ele se deu conta de que ela deveria estar odiando tudo aquilo. Mas ele começou a acreditar que era mais fácil para ela fazer esses sacrifícios, do que era para ele. Tomemos a situação atual como exemplo. Se ele tivesse ido para a cabine com ela, ficaria péssimo durante todo o tempo, e não teria conseguido esconder. De qualquer forma, ela descobriria. Ao passo que, se ela decidisse concordar com as ideias dele, ele apostaria com qualquer um que ela desfrutaria da experiência. Não que ela não tivesse personalidade própria. Por Deus! Ela transbordava de personalidade. Mas porque... e aqui ele sempre interrompia sua linha de pensamento. Aqui, eles sentiam a necessidade de um charuto, por assim dizer. E, olhando para a ponta do charuto, seus belos olhos azuis estreitavam-se. Era uma regra do casamento, ele supunha... De qualquer jeito, ele sempre se sentia culpado quando pedia esses sacrifícios a ela. Era isso que seu apertar nervoso significava. Sua essência dizendo à essência dela: "Você entende, não é?", ao que o tremer dos dedos dela respondia: "Eu entendo".

Certamente, o comissário – bom sujeito – fez tudo que podia para mantê-los confortáveis. Posicionou as espreguiçadeiras no lugar mais quente possível e longe dos odores. Ela esperava que ele lhe desse uma gorjeta adequada. Era em ocasiões como essa (e sua vida parecia cheia de ocasiões assim) que ela gostaria que fosse a mulher quem controlasse a carteira.

"Obrigado, comissário. Vai nos servir lindamente."

"Por que os comissários sempre parecem tão frágeis?", perguntou-se ela, enquanto seus pés eram cobertos. "Esse coitadinho parece ter algo no peito e, mesmo assim, é de se pensar... o ar marinho..."

O botão da carteira de couro foi aberto.

O compartimento das moedas foi virado. Ela viu centavos, xelins, coroas.

"Eu lhe daria cinco xelins", decidiu ela, "e sugeriria que ele comprasse algo nutritivo..."

Ele recebeu um xelim, tocou o quepe com os dedos e parecia genuinamente agradecido.

Bom, poderia ter sido pior. Ele poderia ter-lhe dado alguns centavos. É bem provável. Já que, nesse mesmo instante, o Pai virou-se para ela e disse, meio que se desculpando, fechando novamente a carteira: "Dei-lhe um xelim. Acho que foi um valor justo, não acha?"

"Ah, muito! Valeu cada centavo!", disse ela.

É extraordinária a paz que se sente em um pequeno barco a vapor assim que a agitação da saída do porto acaba. Em um quarto de hora, parece que se está no mar há dias. Há algo quase infantil, comovente, na forma como as pessoas se submetem às novas condições. Elas vão para a cama no começo da tarde, fecham seus olhos e dizem para si mesmas "já é noite", como criancinhas que viram a mesa de cabeça para baixo e se cobrem com a toalha. E os homens que ficam no convés – parecem ser sempre os mesmos, aqueles poucos viajantes endurecidos – relaxam, acendem seus cachimbos, andam a passos leves, contemplam o mar e falam baixinho, andando para cima e para baixo. A garotinha de pernas compridas brinca de pega-pega com o garoto de bochechas vermelhas, mas logo ambos são pegos; o velho marinheiro, balançando uma lanterna apagada, passa e desaparece...

Ele deita-se, coberto até o queixo, e ela nota que ele respira profundamente. Ar marinho! Se alguém acreditava no ar marinho, era ele. Ele tinha a mais convicta fé nas suas qualidades energizantes. O melhor a fazer, segundo ele, era encher os pulmões assim que se subia a bordo. Caso contrário, a força do mar, pura, seria suficiente para lhe dar calafrios...

Ela soltou uma risadinha e ele virou-se para ela, rápido. "O que foi?"

"É a sua boina", disse ela. "Não me acostumo com você usando boina. Você parece um perfeito ladrão."

"Bom, que diacho eu deveria usar?" Ele levantou uma de suas sobrancelhas grisalhas e torceu o nariz. "É uma boina muito boa. Um ótimo modelo. Tem um forro de cetim branco muito refinado." Ficou em silêncio. Declamou, como já o fizera centenas de vezes na mesma situação: "Preciosas e raras eram as pedras que ela usava".[29]

E ela pensava em como ele realmente tinha um orgulho infantil daquele forro de cetim branco. Ele adoraria tirar a boina da cabeça para fazê-la tatear o forro. "Sinta a qualidade!" Quantas vezes ela não esfregou entre os dedos seu casaco, os punhos das suas camisas, a gravata, a meia, o lencinho de linho, enquanto ele dizia essas palavras.

Ela se afundou mais e mais na espreguiçadeira.

E o pequeno barco a vapor avançava, lançando-se gentilmente na água oscilante, contínua e cinzenta, sob um véu de chuva.

Ao longe, gaivotas voavam indiferentes, preguiçosas. Ora acomodavam-se nas ondas, ora enfrentavam o ar chuvoso e reluziam no céu pálido como o reflexo de uma pérola. Pareciam frias e solitárias. Como tudo vai ficar desolado depois que nós passarmos, pensou ela. Não haverá nada além das ondas, daquelas aves e da chuva caindo.

---

29 *"Rich and rare were the gems she wore"*, famoso poema do irlandês Thomas Moore (1779-1852). (N. do T.)

Ela olhava através das grades manchadas de ferrugem, onde grandes gotas tremiam, quando, subitamente, apertou os lábios. Como se uma voz de sobreaviso dentro dela dissesse: "Não olhe!"

"Não vou olhar", decidiu. "É muito depressivo, depressivo demais."

Mas, imediatamente, ela abriu os olhos e olhou novamente. Aves solitárias, água oscilando, céu pálido – como tudo mudara?

E pareceu-lhe que havia uma presença lá fora, entre o céu e a água; alguém muito desolado e ansioso observava-os passar e gritava, tentando fazer com que parassem – mas gritava só para ela.

"Mãe!"

"Não me deixe", o grito ecoou. "Não esqueça de mim! Você está me esquecendo, você sabe que está!" E foi como se o som do choro infantil saísse de seu próprio peito.

"Meu filho – meu precioso filho – não é verdade!"

Xiu! Como era possível encontrar-se sentada ali, naquele barco a vapor silencioso, ao lado do Pai e, ao mesmo tempo, segurar e acalmar um garotinho magro – tão pálido – que acabara de acordar de um sonho terrível?

"Sonhei que estava em uma floresta – em algum lugar longe de todo mundo – estava deitado e uma imensa videira de amoras crescia em cima de mim. E eu chamava e chamava você – e você não vinha – você não vinha – então eu tinha que ficar deitado lá para sempre."

Que sonho horrível! Ele sempre teve sonhos horríveis. Quantas vezes, anos atrás, quando ele era pequeno, ela não inventou alguma desculpa, desvencilhou-se de seus amigos na sala de jantar ou de estar, foi até as escadas e ouviu: "Mãe!" E, quando ele adormecia, seu sonho a acompanhava até o clarão do lampião; e ficava ali, como um fantasma. E agora...

Ela continuava a ouvi-lo, com muito mais frequência – a todo momento – em todo lugar – como agora, por exemplo – ela não relaxava nunca, ela nunca baixava a guarda, nem por um momento. Ele precisava dela. "Estou indo o mais rápido que posso! O mais rápido que posso!" Mas as escadas sombrias não acabavam nunca, e o pior sonho de todos – o mesmo sonho de sempre – continua para sempre sem consolo.

Isso é um tormento! Como suportar algo assim? Não é o sofrimento dela que é insuportável – é o sofrimento dele. O que se pode fazer pelos mortos? E por um bom tempo a resposta tinha sido – nada!

...Mas, suave e silenciosamente, fechou-se a cortina sombria. Não há mais nada para acontecer. Esse é o fim da peça. Mas ela não pode acabar assim – tão de repente. Tem que haver mais. Não, a cortina está fria, imóvel. Esperar não levará a nada.

Mas – ele voltou mais uma vez? Ou, quando a guerra acabou, ele voltou para casa de vez? Certamente, ele se casará – mais tarde – só daqui a vários anos. Certamente, um dia, vou lembrar-me do seu casamento e dos meus primeiros netos – um lindo garoto de cabelos negros nascido no início da manhã – uma manhã adorável – primavera!

"Ah, Mãe, não é justo comigo colocar essas ideias na minha cabeça! Pare, Mãe, pare! Quando penso em tudo que perdi, não consigo suportar."

"Não consigo suportar!" Ela senta-se, murmurando as palavras, e lança o cobertor escuro para longe. Está mais frio do que nunca e agora a tarde vai caindo, caindo como cinzas sobre a água sem cor.

E o pequeno barco a vapor, mais determinado, vibrava, avançava, como se o fim da jornada o esperasse além...

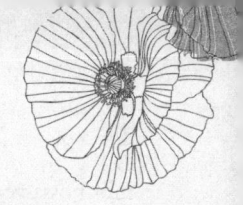

DAPHNE

Já estava em Port Willin havia seis meses quando decidi fazer uma exposição individual. Não que fosse do meu interesse, mas o pequeno Field, o dono da loja de fotografias, tinha acabado de abrir uma galeria e me pediu — implorou, na verdade — para inaugurá-la para ele. Ele era um sujeito decente; não tive coragem de recusar. Além disso, por acaso eu tinha bastante material e achei que seria bastante divertido livrar-me dele, passando-o para as mãos de qualquer um tolo o bastante para comprá-lo. Então, com esse objetivo nobre, mandei imprimir os convites, coloquei as pinturas em molduras brancas simples e sabe Deus quantas xícaras e pires comprei para a exibição privada.

O que estava fazendo em Port Willin? Ah, bem — por que não? Admito que é um lugar que soa bastante duvidoso, mas quando se está sempre em movimento, como eu, é só mais um daqueles locais improváveis que acabam prendendo. Cheguei com a intenção de ficar uma semana e depois partir para Fiji. Mas tinha uma ou duas cartas para enviar e, na manhã da minha chegada, perambulando na lateral do navio enquanto esperávamos nossa vez de atracar, com nada para fazer além de observar, apaixonei-me pela forma – pelo visual do lugar.

É uma cidadezinha plantada na ponta de um grande porto natural, parecido com um lago. Ela é circundada por colinas. As casinhas são de madeira, pintadas com tintas claras. Os telhados são de ferro, pintados de vermelho. E há um amontoado de árvores grandes e frondosas, entrecortando essas formas pálidas, dando-lhes uma complexidade – uma intensidade – tornando a composição digna de contemplação... Bom, não precisamos nos aprofundar mais... Naquela adorável manhã, ela me conquistou. E, nos primeiros dias depois da minha chegada, caminhando, chacoalhando em uma daquelas imensas carruagens, seus habitantes também acabaram me conquistando.

Não todos, na verdade. Fiquei indiferente aos homens. Sim, devo dizer, os homens das colônias não são os espécimes mais brilhantes. Mas nunca havia conhecido um lugar onde a beleza feminina, em média, fosse tão encantadora. Era impossível não notar, já que uma das peculiaridades de Port Willin era a abundância de casas de chá e a quantidade de xícaras consumida por seus habitantes. Não apenas chá – sanduíches, bolos confeitados, sorvetes, saladas de frutas com abacaxis frescos. A partir das onze da manhã viam-se duplas, e grupos inteiros, de garotas e jovens mulheres solteiras correndo para o primeiro chá. Era, verdadeiramente, uma função das onze horas. Mesmo os homens de negócios faziam uma pausa no trabalho e dirigiam-se a um estabelecimento. E o mesmo acontecia à tarde. Das quatro às seis e meia, as ruas tornavam-se tão alegres quanto um jardim. O que me faz lembrar, era o início da primavera quando cheguei e a cidade exalava terra úmida e primeiras flores. De fato, por todo lugar sentia-se um perfume forte, como o cheiro das violetas em uma floresta, o que já era motivo bastante para querer ficar...

Na cidade também havia um teatro, um prédio grande e simples coberto de cartazes vermelhos e azuis que davam um toque oriental àquela aparência triste, e uma companhia itinerante encenava *"San Toy"*[30]. Fui assisti-la na minha primeira noite e achei a peça, por alguma razão, extremamente emocionante. O interior do teatro cheirava a gás, cola e papel queimado. Correntes de ar sopravam pelos corredores – um forte vento passando pela orquestra fazia as palmeiras tremerem e, vez ou outra, a cortina levantava-se e podia-se ver um par de enormes pés correndo para se esconder. Mas que mulheres! Que garotas, nos seus vestidos de musseline com faixas de veludo e seus chapeuzinhos enfeitados com plumas de ganso! Nos intervalos, longas ondulações de risadas surgiam das primeiras fileiras, dos assentos. Eu me apoiava em um pilar que parecia feito de glacê de bolo – e me apaixonava por várias fileiras ao mesmo tempo...

Depois, enviei minhas cartas, fui convidado para jantar e conheci essas encantadoras em suas próprias casas. Isso foi decisivo. Elas eram algo que nunca conhecera antes – tão felizes, tão amigáveis, tão impressionadas com a ideia de alguém ser um artista! Foi como encontrar-se no pátio de uma escola de garotas extremamente atraentes.

---

30 Musical, ambientado na China, que fez sucesso nos países de língua inglesa no começo do século XX. (N. do T.)

Pintei a filha do prefeito, uma beleza morena, em frente a uma árvore repleta de longas flores semelhantes a sinos, brancas como cera. Pintei uma garota com tranças, deitada em um sofá branco, brincando com um leque vermelho-claro... e uma loirinha com um casaco preto e luvas cinzas peroladas... Pintei como louco.

Eu gosto de mulheres. Na verdade, sinto-me muito mais à vontade entre mulheres do que entre homens. Acho que é porque as fascino. Veja bem, comigo é assim. Sempre tive dinheiro suficiente para viver e, por isso, nunca tive que me misturar com pessoas que não tivesse vontade. E, igualmente, sempre tive – bom, acho que pode-se chamar de paixão – pela pintura. Pintar é, de longe, a coisa mais importante da vida – a meu ver. Mas minha obra é coisa minha. É o compartimento à parte, meu eu. Estranhos não são permitidos. Não tenho a mínima vontade de explicar o que estou buscando – ou de ouvir outros homens. Se gostam do meu trabalho, fico feliz. Se não gostam – bom, se eu tivesse o costume de dar de ombros, daria de ombros. Parece arrogante da minha parte. Não é; sei das minhas limitações. Mas a verdade sobre si mesmo sempre soa arrogante, como sem dúvida já deve ter percebido.

Mas as mulheres – bom, só posso falar por mim – acho a presença de mulheres, a consciência das melhores, uma necessidade absoluta. Sei que as fêmeas são consideradas uma distração, que os imensos zangões trancam-se em suas colmeias para ficar longe delas. Tudo que posso dizer é que, sem as mulheres, o trabalho seria como dançar sem música, comer sem tomar vinho ou velejar sem uma brisa. Elas simplesmente me proporcionam algo... o quê? Mais que estímulo; menos que inspiração. Algo – bom, se eu soubesse o que é, teria resolvido um problema muito maior que eu! E problemas não fazem parte do meu trabalho.

Esperava uma multidão na exibição privada, e foi o que consegui... Só não contava que não viesse nenhum homem. Uma coisa era oferecer a um pintor cerca de cinquenta guinéus para ele pintar qualquer coisa, outra completamente diferente era fazer papel de bobo olhando seu trabalho. Os homens de Port Willin prefeririam olhar vitrines. É verdade, quando se ia à Europa, podia-se visitar as galerias e, depois, olhar as vitrines também. Mas não importava o que se fazia na Europa. Lá, podia-se andar por uma semana sem ser reconhecido.

Então lá estavam Field e eu, completamente sozinhos no meio de toda aquela beleza; isso o intimidava como nunca, eu não me importava, achava bastante divertido, especialmente porque as visitantes não hesitavam em achar minhas pinturas divertidas. Não sou de maneira nenhuma um pintor absolutamente moderno, como se diz por aí; pessoas, violinos e paisagens com postes telegráficos não me interessam. Mas Port Willin ainda está tentando engolir Rossetti, e *Hope*, do Watts[31], é tido como avançado demais. Era natural que meus quadros fossem surpreendê-las. A prefeita gorda e velha ficou histérica. Puxou-me para a frente de um dos quadros e bateu no meu ombro com seu leque.

----

31 Dante Gabriel Rossetti (1828-1882) e George Watts (1817-1904) foram pintores simbolistas ingleses. (N. do T.)

"Não quero nem saber por que você a desenhou quase caindo", balbuciou ela. "Como ela parece deprimida! A coitadinha nunca deveria ter sentado nele. É muito pequeno. Aposto que tem uma barrinha de sabão Pears[32] no chão." Dominada pela própria piada, jogou-se no longo banco no meio da sala, e até mesmo seu leque parecia gargalhar.

Nesse momento, duas garotas passaram na nossa frente. Conhecia uma delas, uma garota grande e loira chamada May Pollock, que puxou sua companheira pela manga da camisa. "Daphne!", disse ela. "Daphne!", e a outra virou-se para ela, depois para nós dois, sorriu e surgiu, inaugurando uma nova parte do meu mundo a partir daquele instante.

"Daphne!" Seu sorriso fácil e belo respondeu...

A manhã de sábado foi esplendidamente agradável. Quando acordei e vi o sol brilhando sobre o assoalho envernizado, senti-me como um garotinho a quem prometeram um piquenique. Era quase impossível não telefonar para Daphne. Será que ela sentia o mesmo? De alguma forma, partir juntos, apenas com duas mochilas e nossos maiôs de banho, parecia tão divertido. Imaginei outros fins de semana, a preparação, a tensão emocional, a quantidade de organização necessária. Mas não podia pensar neles; não podia ser incomodado, eles pertenciam a uma outra vida...

Subitamente, pareceu-me algo tão absurdo, que duas pessoas

---

32 Pears foi a primeira marca de sabonete translúcido produzida em escala industrial no mundo. Sua comercialização começou em 1807 em Londres, tornando-se um sucesso imediato. (N. do T.)

fossem tão felizes como nós dois éramos, até mais. Aqui estávamos nós, sozinhos, distantes de todo mundo, livres como o ar, apaixonados um pelo outro. Olhei novamente para Daphne, para seus ombros esbeltos, sua garganta, seu peito e, completamente apaixonado, decidi fervorosamente: não seria ridículo, então, nos comportarmos como duas crianças? Ela não ficaria desapontada, apesar de tudo que ela dissera, se isso acontecesse?...

E saí correndo, não porque achasse que ela viria atrás de mim, mas realmente pensei que ela me chamaria, ou que eu olharia para trás...

Era um daqueles dias calmos, parados, quando o céu e o mar parecem fundir-se, e muito antes de a umidade na grama e nas folhas secar. Um daqueles dias em que o mar cheira forte e há gaivotas enfileiradas na areia. A fumaça da nossa fogueira pairava no ar, misturando-se com a fumaça do meu cachimbo. Surpreendi-me olhando para o nada. Sentia-me tedioso e irritado. Não conseguia superar esse caso ridículo. Entenda, meu amor próprio estava ferido.

A manhã de segunda-feira estava cinzenta, nublada, uma daquelas típicas manhãs à beira-mar quando tudo, especialmente o mar, parece exausto e emburrado. A maré esteve muito alta, a estrada estava molhada – na praia havia uma longa fila de gaivotas com a aparência de doentes...

Quando subimos a bordo ela sentou-se em um dos bancos verdes e eu, resmungando algo sobre um cachimbo, afastei-me rapidamente. Era intolerável continuarmos juntos depois do que tinha acontecido. Era indecente. Apenas queria – apenas ansiava por uma coisa – livrar-me dessa criatura quieta, indiferente e – o pior de tudo – patética que fora minha divertida Daphne.

Em resposta, telefonei para ela no mesmo instante e perguntei-lhe se podia vê-la naquela noite. Sua voz soou séria, diferente da voz de que me lembrava, e ela pareceu refletir. Houve um longo silêncio antes dela dizer: "Sim – talvez seja melhor". "Então passarei aí às seis e meia."

"Muito bem."

Fomos para uma sala cheia de flores e imensas fotografias artísticas do Porto à Noite, de Um Dia Enevoado, do Luar sobre a Água, e sei que fiquei me perguntando se ela as admirava.

"Por que você me enviou aquela carta?"

"Ah, eu precisava", disse Daphne. "Apenas fui sincera. Deixei você vir hoje à noite para... Não, eu sei que vou desapontá-lo. Sou mais sensata que você, mesmo com toda sua experiência. Não vou conseguir lidar com isso. Não sou a pessoa certa para você. De verdade, não sou!"...

O PAI E SUAS FILHAS

Ao meio-dia, Ernestine, que tinha descido das montanhas com sua mãe para trabalhar nas vinhas que pertenciam ao hotel, ouviu o fraco e longínquo tchu-tchu do trem da Itália. Trens eram uma novidade para Ernestine; eram fascinantes, desconhecidos, terríveis. Com o que se pareciam ao rasgar o caminho através do vale, mergulhando entre as montanhas como se nem mesmo elas pudessem pará-lo? Quando ela viu o peito negro e achatado da locomotiva, tão simples, tão poderoso, avançando como se fosse na direção dela, sentiu-se fraca; poderia ter afundado na terra. Ainda assim, ela precisava olhar. Então, endireitou-se, parou de puxar as folhas verde-azuladas, parou de arrancar os longos cachos verde-claros e, com olhos de pássaro, olhou fixamente. As vinhas estavam muito altas. Não se podia ver nada de Ernestine além de seu belo e jovial peito abotoado em um casaco de algodão azul e sua pequena cabeça morena coberta por um lencinho cor de cereja desbotado.

Tchu-tchu-tchu. Tchu-tchu-tchu, soou o trem. Um tufo de fumaça branca brilhou e desapareceu. Agora mais uma e o próprio monstro surgiu à vista e, cinco minutos depois, roncando terrivelmente, parou na pequena estação parecida com as de brinquedo. A linha do trem passava abaixo do jardim do hotel, que empoleirava-se no alto e ao redor de uma encosta de pedra. Degraus escavados na pedra levavam para os terraços onde as vinhas foram plantadas. Ernestine, olhando através das folhas como uma ave astuta, viu a terrível locomotiva e, além dela, observou portas abrindo e estranhos saindo. Ela nunca saberia quem eles eram ou de onde vinham. Há um momento, não estavam ali; talvez já tivessem partido novamente até amanhã. E parecendo ela mesma uma ave, lembrou-se de como, em casa no fim do outono, tinha visto pássaros estranhos surgirem no pinheiro em um dia e sumirem no outro. De onde vinham? Para onde iriam? Sentiu uma dor no peito. Guardava suas asas bem encolhidas ali. Por que não podia estendê-las e voar longe, longe?...

****

Do vagão da primeira classe surgiu a esbelta e alta Emily, dando sua mão para o Pai, cujas pernas frágeis pareciam oscilar ao vento quando sentiram o degrau de ferro. Edith, mais alta e mais esbelta, seguiu-os, carregando o sobretudo fino do Pai, segurando seus binóculos pela alça e seu Baedeker[33]. O carregador

---

[33] Guia de viagens alemão, publicado em várias línguas e sucesso em toda a Europa até meados dos anos 1970. (N. do T.)

loiro do hotel dirigiu-se até eles. Não era agradável? Ele falava nossa língua tão bem quanto você e eu. Por isso, Edith não teve problemas para explicar-lhe que, já que partiriam amanhã no trem matutino, só precisariam de suas valises e do que ficara no vagão. Havia uma carruagem à espera? Sim, havia uma carruagem lá fora. Mas, se quisessem, poderiam caminhar até uma entrada privativa através do jardim do hotel... Não, não iriam caminhar.

"O senhor não quer caminhar, quer, querido Pai?"

"Não, Edith, não quero. Vocês, garotas, gostariam de caminhar?"

"Claro que não, Pai, não sem o senhor, querido."

E sob a orientação do carregador loiro do hotel, passaram através do pequeno grupo de robustos camponeses no portão da estação até a carruagem que lhes aguardava sob um amontoado de limoeiros.

"Você já tinha visto algo tão grande quanto esse cavalo, Edith?", gritou Emily. Ela era sempre a primeira a berrar a respeito das coisas.

"É um cavalo grande", disse Edith, mais contida. "Pela sua aparência, é um cavalo de fazenda, e estava trabalhando. Veja como está quente." Edith era muito observadora. O grande cavalo marrom, com as espáduas manchadas de suor escuro, agitou a cabeça e os sinos nas suas rédeas fizeram um estrondo.

"Oaaa!", advertiu, do seu assento, o jovem condutor camponês.

O Pai, que acabara de entrar na carruagem, recuou com medo.

"Você não acha que esse cavalo vai sair correndo conosco dentro, acha, Edith?", gaguejou ele.

"Claro que não, querido Pai", respondeu Edith. "Esse cavalo é tão inofensivo quanto o senhor e eu." Então entraram os três na carruagem. Assim que o cavalo avançou, suas orelhas pareciam contorcer-se na direção do seu amigo, o condutor. Você chama isso de carga? O Pai e as garotas não pesavam nada. Poderiam ser três ossos, três cabos de vassoura, três guarda-chuvas pulando para todo lado nos assentos duros da carruagem. Ainda bem que o hotel era tão próximo. O Pai nunca teria aguentado mais de um minuto, especialmente no fim da viagem. Mesmo por pouco tempo, seu rosto estava esverdeado quando Emily ajudou-o a sair, endireitou-o e deu-lhe um pequeno puxão.

"Foi muito incômodo, não foi, querido?", disse ela afetuosamente.

Mas ele não quis se apoiar no braço dela até o hotel. Teriam uma impressão errada dele.

"Não, não, Emily. Estou bem. Tudo bem", disse o Pai, seguindo-as cambaleante através das grandes portas de vidro até um saguão tão escuro, frio e deserto quanto uma igreja.

Meu Deus! Como o saguão era frio! O frio parecia subir neles pelo chão. Agarrava os joelhos pontudos de Edith e Emily; saltava até a altura do coração palpitante do Pai. Por um instante, eles hesitaram, reagruparam-se, respiraram fundo. E então, do fundo da recepção, uma jovem animada, com um rosto sorridente manchado por picadas de mosquitos, correu ao encontro deles e deu-lhes as boas-vindas com um entusiasmo tão verdadeiro (na língua deles, de novo) que o gélido primeiro momento foi esquecido.

"Ah, sim. Ah, sim. Temos à disposição ótimos quartos no primeiro andar, com elevador. Dois quartos com banheiro e guarda-roupa para o cavalheiro. Lindos quartos ensolarados, mas não muito quentes. Muito bons. Até amanhã. Vou levá-los. Se puderem me acompanhar. Por aqui. Estão cansados da viagem? O almoço é ao meio-dia e meia. Água quente? Ah, sim. Incluída com o banheiro. Por gentileza."

O Pai e as garotas foram levados pelos animados sorrisos, acenos e sinais dela através de um corredor claustrofóbico até o elevador, o andar de cima e a porta escura e pesada, que ela abriu, recuando para lhes dar passagem.

"É uma suíte", explicou ela. "Com um saguão e três portas." Abriu-as rapidamente. "Agora vou ver quando sua bagagem chegará."

E foi.

"Bom!", gritou Emily.

Edith olhou.

O Pai esticou seu magro e velho pescoço, olhando também.

"Você já – já viu algo assim, Edith?", gritou Emily, apressada.

Edith apertou as mãos suavemente. Suavemente, exclamou "Não, nunca vi, Emily. Nunca tinha visto nada igual em toda a minha vida."

"Parece bom", gaguejou o Pai, ainda hesitante. "Vocês querem trocar de quarto, garotas?"

Trocar! "Por quê, querido Pai? É a coisa mais adorável que já vimos, não é, Emily? Sente-se, querido Pai, sente-se na poltrona."

As garras pálidas do Pai seguraram os braços de veludo. Ele abaixou-se, desabando com um suspiro de velho.

Edith ficou parada à porta, como se estivesse encantada. Emily, por sua vez, correu até a janela e inclinou-se para fora, como uma garotinha...

Por um bom tempo – há quanto tempo – por incontáveis eras – o Pai e as garotas estavam viajando. Nice, Montreux, Biarritz, Nápoles, Lago Maior, tinham visto tudo e muito, muito mais. E, ainda assim, continuavam no mesmo ritmo, no mesmo ritmo, voando incansáveis, nunca parando por muito tempo em um lugar. A verdade era – ah, melhor não saber a verdade. Melhor não perguntar o que os mantinha em movimento. Ou porque a única palavra que amedrontava o Pai era a palavra – lar...

Lar! Sentar-se sem nada para fazer, ouvindo o relógio, contando os anos, refletindo sobre o passado... refletindo! Permanecer em um único lugar, como se esperassem por algo ou alguém. Não! Não! Muito melhor passar pela terra como uma concha, uma casca murcha que o vento leva, deixa cair e levanta novamente.

"Estão prontas, garotas?"

"Sim, querido Pai."

"Então é melhor sairmos antes que percamos o trem."

Mas ah, era exaustivo, era extremamente exaustivo. O Pai não fazia segredo de sua idade; ele tinha oitenta e oito anos. Quanto a Edith e Emily – bem, ele já parecia o irmão mais velho delas. Um irmão velho, velho e suas irmãs anciãs, o quarto adorável os resumia bem. Seu brilho sombrio, sua beleza, o arfar das folhas nas janelas de pedra cor de creme pareciam suspirar: "Descansem! Fiquem!"

Edith olhou para as pálidas paredes com painéis verdes, para as portas com losangos e quadrados verdes com contornos dourados. Ela descobriu maravilhada que a madeira do assoalho tinha a mesma textura que o teto pintado. Mas a cor do piso envernizado era maravilhosa; parecia um casco de tartaruga. Em um canto, na diagonal, ficava um grande fogareiro leitoso, azul e branco. A cama baixa de madeira, com um acolchoado de cetim amarelo, tinha feixes de milho entalhados nos balaústres. Para a cansada e excêntrica Edith, aquela cama parecia respirar – sim, respirar – suave e gentilmente. Fora das estreitas e firmes janelas, além das suas guirlandas verdes, ela podia ver por completo uma minúscula paisagem, brilhando como uma joia no calor do verão.

"Descansem! Fiquem!" Era o som das folhas lá fora? Não, esse som estava no ar; era o próprio quarto que sussurrava alegremente, timidamente. Edith sentiu-se tão estranha que não pôde mais ficar quieta.

"Esse é um quarto muito velho, Emily", piou suavemente. "Sei que é. Esse hotel nem sempre foi um hotel. Tinha sido um velho castelo. Tenho tanta certeza disso quanto de que estou em pé aqui." Talvez quisesse convencer a si mesma que estava em pé ali. "Está vendo esse fogareiro?" Dirigiu-se até ele. "Há números nele. Emily", piou baixinho, "é de 1623."

"Não é maravilhoso?", gritou Emily.

Até mesmo o Pai ficou impressionado.

"1623? Quase trezentos anos atrás." E, subitamente, apesar de seu cansaço, ele soltou uma risadinha leve, fraca, uma risadinha de velho. "Faz você se sentir um franguinho, não é?", disse.

A risadinha ofegante de Emily respondeu à sua pergunta; também estava feliz.

"Vou ver o que tem atrás daquela porta", gritou ela. Dirigiu-se rápido até a porta na parede central e levantou o pequeno fecho de aço. A porta levava a um quarto maior, ao quarto dela e da irmã. Mas as paredes e o assoalho eram iguais, com as mesmas janelas firmes. A única diferença era que, em vez de uma, havia duas camas lado a lado, com acolchoados azuis e não amarelos. E que lindo baú antigo sob as janelas!

"Ah", gritou Emily, em êxtase. "Não é historicamente perfeito demais, Edith?"

"Isso faz com que eu me sinta..." Parou e olhou para Edith, que a seguira, e cuja sombra mirrada pairava no assoalho ensolarado. "Esquisita!", disse Emily, tentando descrever o que sentia em uma palavra. "Não sei o que é."

Talvez se Edith, a descobridora, tivesse tido tempo, ela poderia ter satisfeito Emily. Mas ouviram alguém bater na porta externa; era o carregador. Enquanto ele trazia suas valises, o tocar do sino do almoço soou no andar de baixo. Não podiam deixar o Pai esperando. Assim que um sino tocasse, ele gostava de obedecê-lo no mesmo instante. Então, sem nem mesmo uma olhadela no espelho – elas já tinham atingido a idade em que é natural evitar os espelhos, tanto quanto é natural dar uma espiadinha quando se é jovem – Edith e Emily estavam prontas.

"Estão prontas, garotas?"

"Sim, querido Pai."

E lá foram elas novamente, para a esquerda, para a direita, descendo uma escadaria de pedra com corrimãos largos e gastos, para a esquerda novamente, achando o caminho instintivamente – Edith à frente, depois o Pai, e Emily logo atrás.

Quando chegaram ao refeitório, que era tão grande quanto um salão de baile, ele ainda estava vazio. Alegres e brilhantes, as compridas portas-balcão abriam-se para o jardim verde e dourado e o refeitório estendia-se além. E parecia que as cinquenta mesinhas com cinquenta vasos de dálias começariam a dançar a qualquer momento com...

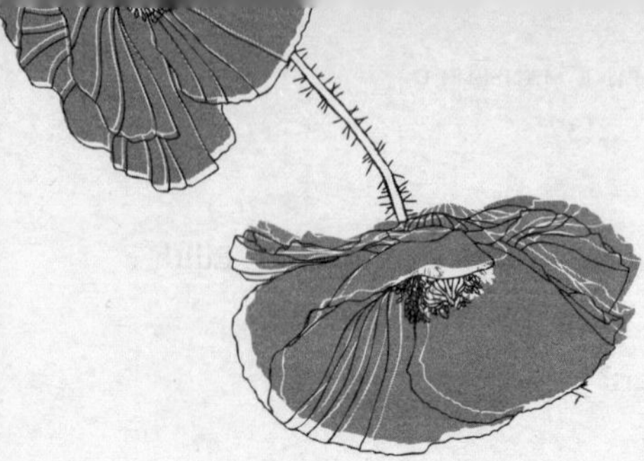

TOTALMENTE CALMA

Estavam de ótimo humor no café da manhã de hoje. Quem era responsável – ele ou ela? Era verdade que ela fizera questão de arrumar-se com esmero pela manhã; achou que era sua obrigação para com ele – para com o amor deles, usar chapéus encantadores, casacos divertidos, chinelos coloridos no café-da-manhã, e ver que a mesa estava tão perfeita quanto ele e ela – que casal meticuloso! – fazia com que entendesse porque eram chamados assim. Mas ele também, tão contente, bem-arrumado e revigorado, deu sua contribuição... Ela tinha descido primeiro, e estava sentada no seu lugar quando ele chegou. Ele inclinou-se sobre o encosto da cadeira dela, colocou as mãos em seus ombros; abaixou-se e encostou sua bochecha na dela, sussurrando suavemente: "Dê-me meu chá, querida", com orgulho de tê-la como sua propriedade, na medida certa para fazê-la corar de prazer. E ela levantou o bule de prata que tinha uma pera prateada na ponta da tampa e deu-lhe seu chá.

"Obrigado...Você sabia que está muito bonita hoje?"

"Estou?"

"Sim. Faça isso de novo. Olhe pra mim. São seus olhos. Parecem com os de uma criança. Nunca conheci ninguém com olhos tão brilhantes quanto os seus."

"Ah, querido!" Ela suspirou de alegria. "Amo quando me dizem coisas tão doces!"

"Sim, claro que ama – criança mimada! Quer um pouco disto?"

"Não, obrigado... Querido!" A mão dela flutuou pela mesa e agarrou a dele.

"Sim?"

Ela não disse mais nada, apenas repetiu "Querido!" mais uma vez. Lá estava o semblante que ela adorava – uma espécie de gracejo afetuoso. Ele fingia não saber o que ela queria dizer e, ao mesmo tempo, estava claro que sabia. Ele fingia sentir "Aqui está ela – típico de uma mulher – pronta para uma cena tórrida de amor às nove horas da manhã, na mesa do café." Essa tolerância divertida, esse desespero fingido, tudo parte dos trejeitos dos homens – nada além.

"Por favor, posso usar esta faca ou vai precisar dela?"

É verdade! Mona nunca se acostumou ao sorriso do marido. Já estavam casados havia três anos. Era apaixonada por ele por inúmeras razões, mas, além de todas as outras, uma razão especial por si só era seu sorriso. Se não parecesse uma bobagem, ela diria que se apaixonava por ele à primeira vista, continuamente, quando ele sorria.

Outras pessoas sentiam seu encanto também. Outras mulheres, ela tinha certeza. Às vezes, ela achava que até mesmo as criadas o observavam...

"Não se esqueça de que vamos ao teatro hoje à noite."

"Ó, céus! Tinha esquecido. Faz anos que não vamos a um espetáculo."

"É, não é? Estou muito entusiasmada."

"Você não acha que podíamos fazer uma comemoração muito pequena no jantar?" ("Muito pequena" era uma de suas expressões. Por que parecia tão doce quando ele a usava?)

"Sim, vamos. Isso quer dizer champanhe?" Ela olhou para o nada e disse com uma voz distante: "Então devo rever os doces".

Nesse momento, a criada entrou com as cartas. Havia quatro para ele, três para ela. Não, uma das cartas dela era para ele também, um pequeno envelope encardido com uma pincelada de cera de lacre no verso.

"Por que só você recebe cartas?", lamentou ela, passando-lhe o envelope. "É terrivelmente injusto. Adoro cartas e nunca recebo nenhuma."

"Ora, essa é boa!", disse ele. "Como você pode ficar sentada aí dizendo tamanhas bobagens? É uma das coisas mais raras do mundo para mim receber uma carta de manhã. Você sempre recebe aquelas misteriosas epístolas de colegas do colégio ou de alguma tia esquecida. Aqui, pegue metade da minha pera – está uma delícia." Ela levantou seu prato.

Os Rutherford nunca compartilhavam suas cartas. Ela sugerira que era o melhor a fazer. No início, ele se opôs drasticamente. Ela não pôde deixar de rir; ele se enganara completamente quanto às razões dela.

"Pelo bom Deus, minha querida! Você pode abrir qualquer carta minha que chegar nesta casa – até mesmo as que encontrar pelos cantos. Acho que posso lhe prometer..."

"Ah, não, não, querido, não é o que estou querendo dizer. Não suspeito de você." E ela colocou as mãos nas bochechas dele e beijou-o levemente. Ele parecia um garoto ofendido. "Mas tantas velhas amigas da Mãe escrevem para mim – contam-me seus segredos – sabe? – dizem-me coisas que ninguém nunca revelaria a um homem. Sinto que não seria justo com elas. Entende?"

Ele cedeu, afinal. Mas disse: "Sou antiquado", e seu sorriso parecia meio sentido. "Gosto de sentir que minha esposa lê minhas cartas."

"Meu tesouro! Fiz com que ficasse infeliz." Ficou tão arrependida; não sabia exatamente o porquê. "Claro que adoraria ler..."

"Não, não! Está tudo bem. Já entendi. Manteremos o acordo." E assim fizeram.

Ele abriu o envelope encardido. Começou a ler. "Maldição!", disse, estirando o lábio inferior.

"Por quê, o que foi? Algo horrível?"

"Não – irritante. Devo voltar tarde hoje à noite. Um homem precisa se reunir comigo no escritório às seis horas."

"Era uma carta de negócios?" Ela soou surpresa.

"Sim, por quê?"

"Pareceu-me tão pouco comercial. O lacre de cera e a caligrafia estranha – mais parecida com letra de mulher do que de homem."

Ele riu. Dobrou a carta, colocou-a no bolso e pegou o envelope. "Sim", disse, "é estranho, não é? Não havia percebido. Como você é astuta! Mas não parece exatamente com a letra de uma mulher. O R maiúsculo, por exemplo", e jogou o envelope para ela.

"Sim, e esse rabisco embaixo. Eu diria que é uma mulher bastante inculta..."

"Na verdade", disse Hugh, "é um engenheiro de minas." E levantou-se, começou a alongar-se e parou. "Bom, que manhã magnífica! Por que tenho que ir para o escritório, em vez de ficar em casa brincando com você?" Foi até ela e colocou os braços ao redor do pescoço dela. "Responda-me isso, minha lindinha."

"Ah", ela apoiou-se nele, "adoraria que você pudesse. A vida é tão injusta para pessoas como você e eu. E, ainda por cima, você vai se atrasar à noite."

"Deixe para lá", disse ele. "Todo o resto do tempo é nosso. Cada segundo. Não é como se fôssemos voltar do teatro e encontrar..."

"Nosso alpendre abarrotado de engenheiros de minas." Ela riu. Será que outras pessoas – será que conseguiriam –, será possível que antes deles alguém tenha amado tanto assim? Ela apertou sua cabeça contra ele – ouviu o tique-taque do seu relógio – querido relógio!

"Que flores moles de cor violeta são aquelas no meu quarto?", murmurou ele.

"Petúnias."

"Você está cheirando igualzinho a uma petúnia."

Ele levantou-a. Ela chegou mais perto dele. "Beije-me", disse ele.

****

Era seu hábito sentar-se no degrau mais baixo e observá-lo enquanto acabava de se arrumar. Estranho ser tão fascinante olhar alguém escovar o chapéu, escolher um par de luvas e dar uma última espiada no espelho redondo. Sentia o mesmo quando ele se barbeava. Ela adorava enroscar-se no divã duro do quarto dele; ficava tão concentrada e atenta quanto ele. Sua aparência era fantástica, como um pierrô, como se usasse uma máscara, com aquelas sobrancelhas escuras, os olhos claros e o toque de cor viva nas bochechas, sobre a espuma! Mas essa não era a sensação mais forte. Não, era o que ela sentia nas escadas. Era: "Então esse é meu marido, esse é o homem com quem me casei, o estranho que caminhava pelo gramado naquela tarde, balançando sua raquete de tênis, e que se curvou, arregaçando as mangas da camisa. Não é apenas meu amante e meu marido, mas também meu irmão, meu melhor amigo, meu parceiro, até mesmo um perfeito pai, às vezes. E aqui é onde moramos. Aqui é o quarto dele – e aqui, nosso vestíbulo". Ela parecia estar mostrando a casa e o marido para seu outro eu, o eu que ela fora antes de tê-lo conhecido. Profundamente impressionado, quase intimidado por tanta felicidade, esse outro eu observava...

"Estou aceitável?" Ele ficou ali sorrindo, alisando suas luvas. Mas apesar de ele não gostar que ela dissesse o que quase sempre desejava a respeito de sua aparência, naquela manhã ela acreditava ter percebido um leve orgulhozinho infantil nele. Crianças que sabem estar sendo admiradas têm esse olhar para suas mães.

"Sim, você está aceitável..." Talvez, naquele instante, ela estivesse orgulhosa dele como uma mãe tem orgulho do filho; ela poderia ter-lhe dado sua bênção antes que ele partisse. Em vez disso, ela ficou no alpendre pensando: "Lá vai ele. O homem com quem me casei. O estranho que caminhava pelo gramado". A realidade nunca deixava de ser maravilhosa...

Nunca deixava de ser maravilhosa, nunca. Era ainda mais maravilhosa, e a razão era – Mona correu de volta para dentro, para a sala de estar e sentou-se ao piano. Ah, por que incomodar-se com a razão? – Ela começou a cantar,

Veja, amor, trago-lhe flores
Para enganar sua dor!

A alegria – alegria ofegante e exultante ressoou na sua voz e, na palavra "dor", seus lábios abriram-se em um sorriso tão feliz, tão terrivelmente insensível, que ela sentiu vergonha.

Parou de tocar e virou-se na banqueta do piano, de frente para a sala. Como ela parecia diferente de manhã, tão séria e reservada. As cadeiras cinza com almofadas fúcsia, o carpete preto e dourado e as cortinas de seda verde-claras devem ter pertencido a outras pessoas. Com as cortinas ainda fechadas, parecia um cenário de teatro. Ela não tinha direito de estar ali e, ao pensar nisso, um calafrio estranho tomou conta dela; parecia tão extraordinário que qualquer coisa, até mesmo uma cadeira, evitasse ou nem sequer se importasse com sua felicidade.

"Não gosto dessa sala de manhã. Não gosto nem um pouco dela", decidiu ela, correndo para o andar de cima para terminar de se vestir. Correu para seu imenso quarto sombrio... e inclinou-se sobre as petúnias cintilantes...

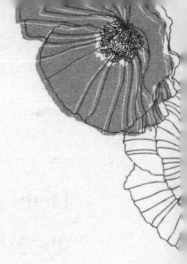

UMA MÁ IDEIA

Algo aconteceu comigo – algo de ruim. E eu não sei o que fazer a respeito. Não vejo nenhuma saída, de jeito nenhum. O pior disso tudo é que não consigo esclarecer o que aconteceu – se é que você me entende. Simplesmente sinto-me em uma confusão – em uma baita confusão. Deveria ficar claro para todos que não sou o tipo de homem que se coloca nessa situação. Não sou um desses atorzinhos comuns ou um personagem de um livro. Eu sou – bem, eu sabia o que era até ontem. Mas agora – sinto-me indefeso, sim, essa é a palavra, indefeso. Aqui estou eu, sentado jogando pedras no mar como uma criança que se perdeu de sua mãe. E todo mundo foi para casa muito tempo atrás e a hora do chá já acabou e está chegando o momento de acender as luzes. Terei que ir para casa também, cedo ou tarde. Entendo isso, claro.

Na verdade, será que você acredita em mim? Nesse exato momento, preferiria estar em casa, apesar de tudo. O que ela está fazendo? Minha esposa, quero dizer. Será que já partiu? Ou ficou lá, olhando para a mesa, com os pratos afastados? Meu

Deus! Quando penso que poderia uivar como um cão – se é que você me entende...

Deveria ter percebido que havia algo errado de manhã, quando ela não se levantou para o café. Percebi, de certa forma. Mas não pude aceitar a realidade. Senti que se não dissesse nada de especial e simplesmente tratasse a situação como um de seus dias de enxaqueca e saísse para o escritório, quando eu voltasse para casa à noite, toda a situação teria se resolvido de algum jeito. Não, não foi isso. Senti-me como me sinto agora, "indefeso". O que eu podia fazer? Apenas continuar. Foi tudo em que consegui pensar. Então, levei-lhe uma xícara de chá e algumas fatias finas de pão com manteiga, como sempre fazia nos seus dias de enxaqueca. As persianas ainda estavam abaixadas. Ela estava deitada de barriga para cima. Acho que tinha um lencinho úmido na testa. Não tenho certeza, já que não consegui olhar para ela. Era uma sensação horrível. Ela disse, com a voz fraca: "Coloque a jarra na mesa, por favor". Coloquei. Disse: "Posso fazer algo mais?" E ela respondeu: "Não. Em meia hora já estarei bem". Mas sua voz, entende? Foi o estopim. Saí o mais rápido que pude, peguei o chapéu e a bengala do cabideiro e corri para pegar o bonde.

E, nesse instante, ocorreu algo esquisito – você não precisa acreditar em mim se não quiser – no momento em que saí de casa, esqueci essa situação da minha esposa.

A manhã estava esplêndida, agradável, e o brilho do sol fazia surgir asas prateadas no mar. Uma daquelas manhãs em que você sabe que vai ficar quente e agradável durante todo o dia. Até mesmo o sino do bonde soava diferente, e as criancinhas da escola espremidas entre os joelhos das pessoas carregavam ramos de flores. Não sei – não consigo entender o porquê – simplesmente me sentia feliz, mas feliz de uma forma que nunca sentira antes, extremamente feliz! O vento, que estivera tão forte na noite anterior, continuava soprando com certa força. Parecia com ela – a outra – me tocando. Sim, parecia. Fez-me lembrar dela, cada momento. Se lhe contasse como aconteceu, você diria que estou louco. Sentia-me inconsequente – não me importava se estava atrasado para o escritório ou não e queria ser gentil com todo mundo. Ajudei as criancinhas a sair do bonde. Um sujeito deixou cair seu chapéu e quando apanhei-o para ele e disse: "Aqui, filho!" ...Bom, foi tudo que pude fazer para não agir como um tolo.

No escritório, era igualzinho. Parecia que nunca tinha sido apresentado aos colegas do trabalho antes. Quando o velho Fisher veio até a minha mesa trazendo, como sempre, algumas de suas orquídeas gigantes e dizendo: "Faça melhor, velhote, faça melhor!" – não me irritei. Não me importava que ele agisse com extrema arrogância quando falava do seu jardim. Apenas olhei para elas e disse baixinho: "Sim, você se superou dessa vez". Ele ficou sem saber como reagir. Voltou depois de cinco minutos e me perguntou se estava com dor de cabeça.

E assim foi durante todo o dia. À noite, corri para casa junto com todos que faziam o percurso de volta ao lar, abri o portão, vi que a porta da entrada estava aberta como sempre e sentei-me na cadeirinha do lado de dentro para tirar minhas botas. Meus chinelos estavam lá, claro. Isso me pareceu um bom sinal. Coloquei as botas na prateleira do armário sob as escadas, tirei o casaco do trabalho e fui para a cozinha. Sabia que minha esposa estaria lá. Esperei um pouco. A única coisa que não consegui fazer, como sempre, foi assobiar: "Sempre fico acordado e penso que coisa horrível é o trabalho..." Tentei mais uma vez, mas não saiu nada. Bom, abri a porta da cozinha e disse: "Olá! Como está todo mundo?" Mas, assim que abri a boca – antes até – soube que o pior tinha acontecido. Ela estava em pé, à mesa, batendo o molho da salada. Quando levantou os olhos, sorriu para mim e disse "Olá!", você podia ter me derrubado com um soco! Minha esposa estava horrível – não há outra palavra para descrevê-la. Devia ter chorado o dia todo. Ela tinha colocado alguma espécie de farinha branca no rosto para disfarçar as marcas – mas isso só piorou sua aparência. E ela deve ter visto que eu havia percebido, pois pegou a xícara de creme e colocou um pouco na saladeira – como ela sempre faz, sabe como é, tão ágil, tão asseada, do jeito dela – e começou a bater novamente. Eu disse: "Sua cabeça está melhor?" Mas ela pareceu não ouvir. Respondeu: "Você vai regar o jardim antes ou depois do jantar?" O que eu poderia dizer? Disse "depois" e saí para a sala de jantar, abri o jornal vespertino e sentei-me ao lado da janela aberta – bom, acho que me escondi atrás do jornal, na verdade.

Nunca me esquecerei de estar sentado ali. As pessoas passando, descendo a rua, soavam tão tranquilas. Um homem passou com algumas vacas. Eu – invejei-o. Minha esposa entrou na sala e saiu. Então, chamou-me para o jantar e nos sentamos. Acho que comemos frios e salada. Não me lembro. Devemos ter comido isso. Mas ninguém falou nada. Parece um sonho agora. Depois, ela levantou-se, trocou os pratos e foi até a despensa pegar o pudim. Você sabe que tipo de pudim era? Bom, claro que não, para você não significa nada. Era o meu favorito – o tipo de pudim que ela fazia para mim em ocasiões especiais – caramelo crocante de mel.

UM HOMEM E SEU CÃO

Quem olhasse para o Sr. Potts teria pensado que ia ali alguém que não tinha nada de que se gabar. Era um sujeitinho insignificante com uma gravata torta, um chapéu pequeno demais e um casaco grande demais para ele. A pasta de lona marrom que carregava todo dia, indo e voltando do correio, não era a pasta típica de um homem de negócios. Parecia com a bolsa escolar de uma criança; até mesmo tinha um botão de costura como fecho. Era de se imaginar que houvesse migalhas e o miolo de uma maçã no interior. E tinha algo estranho com suas botas, não tinha? Suas meias coloridas apareciam entre os cadarços. Que diabos o sujeito havia feito com as linguetas? "Fritou-as", sugeriu o piadista do ônibus de Chesney. Coitado do velho Potts! "O mais provável é que as tenha enterrado no jardim." Levava um guarda-chuva sob o braço. E, ao abri-lo quando chovia, desaparecia completamente. Ele não mais existia. Tornava-se um guarda-chuva ambulante – nada mais – o guarda-chuva tornava-se sua concha.

O Sr. Potts morava em um chalé em Chesney Flat. O volume da caixa d'água em uma das paredes dava ao chalé um ar triste, como se ele estivesse com dor de dentes. Não havia jardim. Um caminho fora aberto no meio do mato, desde o portão até a entrada da casa, e dois canteiros, um redondo e o outro alongado, tinham sido delimitados no que se tornaria o gramado da frente. Toda manhã, às oito e meia, Potts descia pelo caminho para pegar o ônibus de Chesney; todo fim de tarde, Potts subia pelo caminho enquanto o ônibus, parecido com uma imensa chaleira, continuava a zumbir. À noite, ansioso por fumar seu cachimbo, arrastava-se até o portão – o mais perto da casa que lhe deixavam fumar – sua aparência era tão humilde, tão modesta, que as enormes estrelas brilhando alegremente pareciam piscar umas para as outras, rir, dizer: "Olhem para ele! Vamos atirar algo nele!"

Logo que Potts saiu do bonde no quartel dos bombeiros para pegar o ônibus de Chesney, viu que havia algo errado. O ônibus estava lá, mas o motorista não estava no seu lugar, e sim com a cara no chão e metade do corpo sob o carro; o cobrador, sem seu quepe, sentava-se em um degrau, enrolando um cigarro e olhando para o nada. Um pequeno grupo de homens de negócios e uma vendedora ou duas estavam em pé olhando para o carro vazio; havia algo de triste, lamentável, na forma como ele pendia para um lado e tremia levemente quando o motorista sacudia algo. Era como se alguém que tinha tido um acidente tentasse dizer: "Não me toque! Não chegue perto! Não me machuque!"

Mas tudo isso era tão familiar – os ônibus só começaram a ir até Chesney nos últimos meses – que ninguém disse nada, ninguém perguntou nada. Apenas esperavam, por via das dúvidas. Na verdade, duas ou três pessoas já tinham decidido ir a pé no momento em que Potts chegou. Mas Potts não queria caminhar, a não ser que precisasse. Ele estava cansado. Ficou metade da noite acordado esfregando o peito da esposa – ela tinha tido uma de suas dores misteriosas –, ajudando a criada sonolenta com as compressas e as bolsas de água quente e fazendo chá. A janela já estava azul e os galos tinham começado a cantar antes de ele finalmente ter se deitado com os pés gelados. E tudo isso, também, era familiar.

Em pé no meio-fio e, vez ou outra, trocando a pasta de lona marrom de mão, Potts começou a relembrar a noite anterior. Mas ela parecia sombria, obscura. Viu a si mesmo movendo-se como um caranguejo, do corredor frio à cozinha, e voltando. As duas velas tremiam sobre a cômoda escura e, quando ele se inclinou sobre a esposa, os grandes olhos dela subitamente brilharam e ela se lamentou:

"Ninguém tem piedade de mim – ninguém tem piedade. Você só faz isso porque é obrigado. Não me contradiga. Eu posso ver seu ressentimento." Tentar acalmá-la só tornava tudo pior. Houve uma cena horrível, terminando com ela sentando-se e dizendo solenemente com a mão levantada: "Não se preocupe, agora não resta muito tempo". Mas o som dessas palavras pareceu amedrontá-la de forma tão terrível que ela afundou de volta no travesseiro e soluçou: "Robert! Robert!" Robert era o nome de um jovem de quem ela fora noiva anos atrás, antes de ela conhecer Potts. E Potts ficou muito feliz de ouvir o nome dele sendo chamado. Já sabia que isso significava que a crise acabara e que ela começava a se acalmar...

A essa altura, Potts já tinha dado uma volta; tinha caminhado pela calçada até a cerca que passava ao lado. Um punhado de grama clara atravessava a cerca, além de algumas margaridas finas e sedosas. De repente, ele viu uma abelha pousada em uma das margaridas e a flor se curvava, oscilava, balançava, enquanto a abelhinha segurava-se e sacudia-se. Quando ela finalmente voou, as pétalas tremularam como se, alegremente... Por um instante Potts mergulhou no mundo onde isso acontecera. Trouxe desse mundo o sorriso tímido com o qual andou de volta para o ônibus. Mas agora todos tinham desaparecido exceto uma jovem que permanecia em pé ao lado do carro vazio, lendo.

No final da procissão vinha Potts, vestindo uma batina, tão grande para ele que parecia uma camisola, e era de se pensar que ele deveria estar carregando uma vela em vez de um missal e um hinário. Sua voz assemelhava-se à de um tenor choroso. Ela surpreendeu a todos. Pareceu surpreendê-lo também. Mas era uma voz tão chorosa que, quando ele cantou "pelas asas, pelas asas de um pombo", as senhoras da congregação quiseram juntar-se para comprar-lhe um par de asas.

O nariz de Lino tremia de forma tão lastimável, tinha um olhar tão tímido e melancólico, que o coração de Potts ficou apertado. Mas claro que ele não iria demonstrar. "Bom", disse ele, ríspido, "acho que você pode vir para casa." E levantou-se do banco. Lino levantou-se também, mas ficou parado, com uma pata no ar.

"Mas tem uma coisa", disse Potts, virando-se e encarando-o, "que devemos deixar claro antes de você vir comigo. Veja bem." Apontou o dedo para Lino, que assustou-se como se fosse tomar um tiro. Mas manteve o olhar perdido e melancólico para seu dono. "Pare de fingir ser um cão de briga", disse Potts mais ríspido que nunca. "Você não é um cão de briga. Você é um cão de guarda. É o que você é. Muito bem. Acostume-se com isso. É essa arrogância infernal que eu não suporto. É isso que me irrita."

No momento de silêncio que se seguiu, enquanto Lino e seu dono olhavam um para o outro, era curioso como a semelhança entre os dois era grande. Então, Potts virou-se novamente e dirigiu-se para casa.

E, timidamente, como se caísse sobre as próprias patas, Lino seguiu a figura humilde do seu dono...

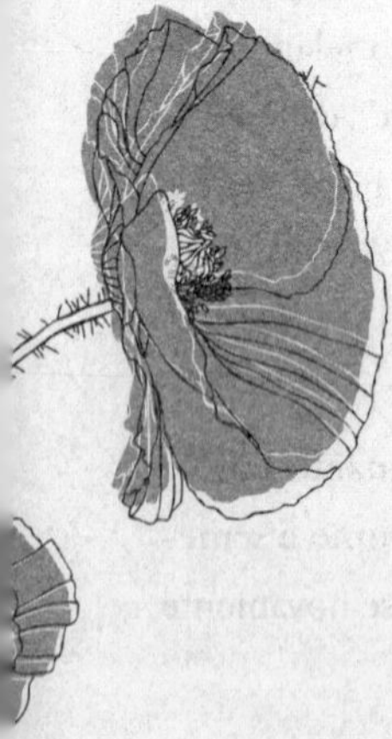

UMA VELHINHA ADORÁVEL

Por que a velha Sra. Travers tem se levantado tão cedo ultimamente? Ela gostaria de ter dormido mais três horas, pelo menos. Mas não, toda manhã, quase no mesmo horário, às quatro e meia, ela despertava. E despertava – mais uma vez, ultimamente – sempre da mesma forma, com um leve susto, um pequeno choque, dando uma espiadela ao levantar a cabeça do travesseiro, como se alguém a tivesse chamado, ou como se tentasse lembrar se o papel de parede continuava o mesmo, se era a mesma janela que ela tinha visto na noite passada antes do Warner desligar a luz... Então a pequena e prateada cabeça pressionava novamente o travesseiro branco e, por um momento, antes que a agonia de acordar começasse, a velha Sra. Travers era feliz. Seu coração se acalmava, ela respirava profundamente, chegava até mesmo a sorrir. Apesar de, mais uma vez, a onda de escuridão ter se levantado, flutuado sobre ela, levado-a embora; e, mais uma vez, abaixado, recuado, jogando-a onde ela se encontrava, confinada pelo mesmo papel de parede, analisada pela mesma janela – ainda segura – ainda ali!

O relógio da igreja soou lá fora, lentamente, lânguido, fraco, como se tocasse a meia hora ainda dormindo. Ela procurou o seu relógio sob o travesseiro; sim, ele dizia o mesmo. Quatro e meia. Três horas e meia antes do Warner entrar com o chá. Ó, céus, será que ela ia aguentar até lá? Mexeu as pernas, inquieta. E, olhando para o rosto sério e empertigado do relógio, pareceu-lhe que os ponteiros – especialmente o ponteiro dos minutos – sabiam que ela os observava e pararam – só um pouquinho – de propósito... Muito estranho, ela nunca deixou de sentir que aquele relógio a odiava. Tinha sido do Henry. Vinte anos atrás, quando estava aos pés da cama do Henry, ela o pegara pela primeira vez, dera-lhe corda, e o sentira, frio e pesado. Dois dias depois, ao desabotoar seu corpete de crepe para alojá-lo no interior, ele repousou no seu peito como uma pedra... Nunca se sentiu em casa ali. Seu lugar era contra as costelas firmes de Henry – tiquetaqueando, dando as horas certas. Ele nunca confiou nela, assim como Henry nunca confiara nela da mesma forma. E nas raras ocasiões em que esquecia de dar-lhe corda, ela sentia uma pontada de terror e murmurava, ao colocar a chavinha no mecanismo: "Perdoe-me, Henry!"

A velha Sra. Travers suspirou e colocou o relógio sob o travesseiro novamente. Parecia-lhe que, ultimamente, essa sensação de que ele a odiava tinha se tornado mais clara... Talvez porque ela olhava com mais frequência para ele, especialmente agora que ela estava longe de casa. Relógios estrangeiros nunca funcionam. Estão sempre parados às vinte para as duas. Vinte para as duas! Que horário desagradável, nem uma coisa nem a outra. Se alguém chegasse a qualquer lugar nesse horário, o almoço já teria acabado e era cedo demais para esperar por uma xícara de chá... Mas ela não deveria começar a pensar em beber chá. A velha Sra. Travers levantou-se na cama e, como um bebê cansado, levantou os braços e deixou-os cair na colcha.

O quarto ficava feliz com a luz da manhã. A grande porta-balcão que dava para a varanda estava aberta e a palmeira do lado de fora lançava sua sombra trêmula parecida com uma aranha sobre as paredes do quarto. Apesar do seu quarto de hotel não ter vista para o mar, nessa hora da manhã era possível sentir seu cheiro, ouvi-lo respirando e voando alto nas asas douradas das gaivotas passando. O céu parecia tão calmo, como se estivesse sorrindo carinhosamente! Muito longe – muito longe desse papel de parede listrado de cetim, da mesa com tampo de vidro, do sofá e das cadeiras de tecido amarelo e dos espelhos que mostravam-lhe de perfil, de costas e a três quartos também.

Ernestine ficara tão empolgada com esse quarto.

"É o quarto perfeito para você, Mãe! Tão claro e vistoso, nada depressivo! Com varanda; assim, nos dias de chuva, você ainda pode colocar sua cadeira do lado de fora e observar aquelas adoráveis palmeiras. E a Gladys pode ficar com o quarto adjacente, assim é muito mais fácil para Warner ficar de olho em vocês duas... Você não poderia achar um quarto melhor, não é, Mãe? Estou maravilhada com essa linda varanda! Tão agradável para a Gladys! Cecil e eu não temos uma..."

De qualquer forma, apesar de Ernestine, ela nunca se sentou

na varanda. Por alguma estranha razão que não podia explicar, ela odiava olhar para aquelas palmeiras. Coisas estrangeiras horrorosas, era como as chamava na sua mente. Quando estavam paradas, dobravam-se, pareciam arrastar-se como imensas aves descuidadas e, sempre que se mexiam, lembravam-lhe de aranhas. Por que elas não podiam parecer naturais, tranquilas e frondosas como as árvores inglesas? Por que estavam sempre se contorcendo e girando ou imóveis, amuadas? Ficava cansada só de pensar nelas ou, na verdade, em qualquer coisa estrangeira...

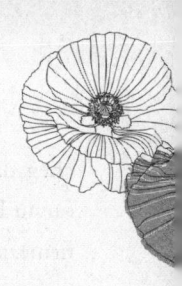

SINCERIDADE

Havia uma expressão que Rupert Henderson gostava muito de usar. "Se você quiser minha opinião sincera..." Ele tinha uma opinião sincera sobre qualquer assunto na face da terra, e muito prazer em emiti-la. Mas a frase preferida de Archie Cullen era "Não posso dizer sinceramente...". O que significava que ele não tinha realmente formado uma opinião. Ele não tinha realmente formado uma opinião sobre nenhum assunto. Por quê? Porque ele não podia. Ele era diferente dos outros homens. Ele tinha algo a menos – ou era a mais? Não importava. Ele não tinha o menor orgulho disso. Isso o deprimia – e poderia até se dizer que, às vezes, o deprimia profundamente.

Rupert e Archie moravam juntos. Quer dizer, Archie morava no apartamento de Rupert. Ah, ele pagava sua parte, metade de tudo; o acordo era puramente, estritamente comercial. Mas talvez fosse por Rupert ter convidado Archie que ele continuava sempre como – seu hóspede. Cada um tinha seu quarto, havia uma sala de estar comum e um enorme banheiro que Rupert também usava como vestiário. Na primeira manhã depois de sua chegada, Archie deixara sua esponja no banheiro; logo depois, ouviu baterem à porta e Rupert disse gentilmente, mas com firmeza: "Sua esponja, imagino". Na sua primeira noite, Archie trouxe seu estojo de fumo para a sala de estar e colocou-o em um canto do aparador da lareira. Rupert estava lendo o jornal. Era um estojo de cerâmica redondo com a superfície pintada e lixada, representando um ouriço-do-mar. Na tampa, havia um ramo de algas chinesas com dois frutinhos servindo como pegador. Archie adorava esse estojo. Depois do jantar, quando Rupert pegou seu cachimbo e sua bolsa, olhou fixamente para o objeto, suspirou através do bigode, arfou e disse, com uma voz inquisidora e curiosa: "Bom! Isso é seu ou da Sra. Head?" A Sra. Head era a senhoria.

"É meu", disse Archie, enrubescendo e sorrindo timidamente.

"Bom!", disse Rupert novamente – dessa vez muito enérgico.

"Você prefere que eu...", disse Archie, mexendo-se na cadeira para levantar.

"Não, não! Claro que não! De jeito nenhum!", respondeu Rupert, levantando a mão. "Mas talvez..." – e nesse momento ele sorriu e olhou à sua volta – "Talvez possamos achar um lugar melhor para ele, um lugar que seja menos evidente."

O lugar não foi decidido, no entanto, e Archie escondeu seu único objeto pessoal no seu quarto assim que Rupert saiu do caminho.

Mas era principalmente nas refeições que os papéis de anfitrião e hóspede ficavam mais marcantes. Por exemplo, a cada ocasião, antes mesmo de eles sentarem-se à mesa, Rupert dizia:

"Você poderia cortar o pão, Archie?" Se ele não tivesse feito tanta questão, era bem possível que Archie, em um momento de distração, tivesse agarrado a faca do pão... Que pensamento desagradável! Mais uma vez, Archie não podia servir. Nem mesmo no café da manhã, os pratos quentes e o chá deveriam ser servidos por Rupert. É verdade, ele meio que se desculpava pelo chá; ele parecia sentir a necessidade de algum tipo de explicação nesse momento.

"Sou um pouco metódico em relação ao meu chá", disse ele. "Algumas pessoas, especialmente as mulheres, colocam o leite primeiro. Hábito horrível, por mais de um motivo. Na minha opinião, deve-se encher a xícara precisamente e só depois o chá deve ser colorido. Açúcar, Archie?"

"Ah, por favor", disse Archie, quase fazendo uma reverência sobre a mesa. Rupert era tão impressionante.

"Suponho", disse seu amigo, "que você não repare nessas pequenas coisas." Archie respondeu superficialmente, mexendo o chá: "Não, acho que não".

Rupert sentou-se e desdobrou o guardanapo.

"Seria incoerente com sua personalidade e seu humor", disse ele cordialmente, "se reparasse! Rins e bacon? Ovos mexidos? Qual deles? Ambos? Qual?"

O pobre Archie odiava ovos mexidos mas – ai dele! – era quase certo que deveria aceitar os ovos mexidos também. Essa "consciência psicológica", como Rupert chamava, que existia entre eles, poderia depois de um tempo tornar as coisas um pouco difíceis. Ele sentiu um certo nojo ao sussurrar: "Ovos, por favor". E viu pela expressão de Rupert que havia feito o correto. Rupert serviu-lhe ovos em abundância.

****

Consciência psicológica... Talvez isso explicasse a intimidade deles. Qualquer um ficaria tentado a dizer que era um caso de fascinação mútua. Mas, ao passo que a resposta de Archie a essa sugestão teria sido um reticente "Possivelmente!", Rupert a teria desprezado no mesmo instante.

"Fascinação! A palavra é absurda nessa relação. Que raios Cullen teria que me fascinasse mesmo que eu tivesse o hábito de ficar fascinado por outras criaturas; o que certamente não acontece. Não, devo admitir que sou profundamente interessado. Confesso que acredito compreendê-lo melhor que ninguém. "Se você quiser minha opinião sincera, tenho certeza que minha – minha – hmmm – influência – simpatia – por ele – chame do que quiser, é completamente benéfica. Há uma consciência psicológica... Além do mais, como companhia, instintivamente acho-o muito agradável. Ele estimula alguma parte da minha mente que fica menos ativa sem ele. Mas fascinação – totalmente equivocado, meu querido, totalmente!

Mas e se alguém continuar cético? Vamos supor que alguém ainda considere a ideia. Era mesmo impossível imaginar Rupert e Archie como a jiboia e o coelho morando juntos? Rupert, a linda e bem nutrida jiboia, com seu bigode, seu olhar e seu hábito de desenrolar-se diante do fogo e balançar-se contra a lareira com o cachimbo e a bolsa em mãos. Archie, suave, encolhido, tímido, sentado na poltrona inferior, presente e ausente ao mesmo tempo, sumindo na escuridão com uma palavra e emergindo novamente com um olhar – com súbitos e totalmente inesperados rompantes de graça (censurados instantaneamente pela jiboia). Claro, sem nenhuma possibilidade de algo tão rude e pavoroso quanto o coelho sendo devorado por seu companheiro. Porém era estranho – depois de uma noite típica, um parecia enormemente inchado, ameno e revigorado e o outro, pálido, pequeno e exausto... E, normalmente, o comentário final de Rupert, enquanto servia seu uísque com soda, era, de certa forma, ameaçador: "Isso foi muito nutritivo, Archie". E Archie suspirava: "Ah, muito!"

****

Archie Cullen era jornalista e filho de um jornalista. Ele não tinha fundos, conexões com influência e quase nenhum amigo. Seu pai tinha sido um desses homens sem sucesso, decepcionados e fracos que veem seus filhos como uma arma para proveito próprio. Ele se recuperaria através de Archie. Archie lhes mostraria do que ele – seu pai, era feito. Espere só até meu filho surgir! Isso, apesar de reconfortante para o Sr. Cullen pai, era terrivelmente desagradável para Archie. Desde seus dois anos e meio teve que dar duro todos os dias, sem nem mesmo os domingos de folga. À época, seu pai começou a levá-lo para caminhar e aproveitava a ocasião para fazê-lo soletrar os letreiros das lojas, contar os barcos apostando corrida no porto, dividir o número por quatro e multiplicar o resultado por três.

Mas o experimento foi um sucesso extraordinário. Archie afastou-se das distrações da vida, tampou os ouvidos, recolheu os pés, sentou-se sobre a mesa com seu livro e não gostava das férias, quando elas chegavam; elas o deixavam inquieto; então, ele continuava lendo para si mesmo. Era um garoto modelo. Nos dias de premiação, seu pai o acompanhava à escola, carregava-lhe a grande pilha de livros para casa e, jogando-os na mesa da sala de jantar, examinava-os com um sorriso exultante. Meus prêmios! O pequeno sacrificado observava-os também, através dos óculos, como os outros garotos observavam pudins. Claro, a essa altura ele deveria ser resgatado por uma afetuosa mãe que, apesar de acuada, ressurgia em...

SUSANNAH

Claro que não poderiam ir de jeito nenhum à exposição se o Pai não tivesse ganhado os ingressos. Garotinhas não deveriam esperar receber presentes que custavam ainda mais dinheiro quando alimentá-las, comprar-lhes roupas e pagar por suas lições e pela casa em que moravam faziam com que seu amável e generoso Pai tivesse que trabalhar todo dia da manhã à noite – "Exceto sábados à tarde e domingos", disse Susannah.

"Susannah!", a Mãe ficou muito chocada. "Você sabe o que aconteceria com seu pobre Pai se não tivesse folga nos sábados à tarde e nos domigos?"

"Não", disse Susannah, interessada. "O quê?"

"Ele morreria", disse sua mãe, de forma imponente.

"Sério?", disse Susannah, abrindo os olhos. Ela pareceu atônita, e Sylvia e Phyllis, que tinham quatro e cinco anos a mais que ela, entraram na conversa com um "Claro", com um tom bastante superior. Como ela era bobinha de não saber disso! Elas soaram tão convincentes e animadas que sua mãe sentiu-se um pouco abalada, apressando-se para mudar de assunto...

"Então é por isso", disse ela, um pouco hesitante, "que cada uma de vocês deve agradecer ao seu Pai antes de ir."

"E então ele vai nos dar o dinheiro?", perguntou Phyllis.

"E então eu vou pedir o que for necessário", disse a mãe com firmeza. Subitamente, ela suspirou e levantou-se. "Vamos lá, crianças, peçam à Srta. Wade para se aprontar e ajudá-las a se vestir, e depois desçam para a sala de jantar. E você, Susannah, não pode largar a mão da Srta. Wade desde o momento que passar pelo portão até sair de novo."

"Bom – mas e se eu montar no cavalo?", perguntou Susannah.

"Montar no cavalo – que besteira, filha! Você é pequena demais para cavalos! Apenas as garotas e os garotos grandes podem montar nos cavalos."

"Tem galos para as crianças pequenas", disse Susannah, destemida. "Eu sei porque Irene Heywood montou em um e ela caiu quando tentou sair."

"Mais um motivo para você não montar", disse a mãe.

Mas Susannah parecia não se aterrorizar com a ideia de cair. Muito pelo contrário.

Quanto à exposição, no entanto, Sylvia e Phyllis sabiam tanto quanto Susannah. Era a primeira vez que vinha para a cidade. Certa manhã, quando a Srta. Wade, a criada, as levava para a casa dos Heywood, cuja governanta eles compartilhavam, elas viram carroças com grandes pranchas de madeira empilhadas, sacos, coisas que pareciam com portas, e varas brancas, passando pelo largo portão do Centro Recreativo. E, na hora em que foram levadas para o jantar, viram o início de uma cerca alta e fina surgir, pontilhada por mastros de bandeira, contornando as grades. Do lado de dentro vinha um barulho ensurdecedor de gritos, marteladas e batidas; uma locomotiva pequena, escondida, começou: Tchu-tchu-tchu. Tchuuu! E bolas de fumaça parecidas com lã eram arremessadas por sobre a cerca.

Primeiro foi o dia depois do dia depois de amanhã, depois o dia depois de amanhã, depois amanhã e, finalmente, o dia em si. Quando Susannah acordou pela manhã, havia uma manchinha dourada de luz do sol na parede, observando-a; parecia que ela estava lá havia muito tempo, esperando para lembrar-lhe: "É hoje — você vai hoje — essa tarde. Aqui está ela!"

(Segunda Versão)

Naquela tarde, elas receberam permissão para cortar jarras e bacias de um catálogo de loja e, na hora do chá, elas tomaram chá de verdade no conjunto das bonecas, na mesa. Foi muito divertido, tirando o fato de que a chaleira de brinquedo não servia o chá, mesmo depois de espetar o bico com um alfinete e soprá-lo.

Mas na tarde seguinte, que era sábado, o Pai chegou em casa muito bem-disposto. A porta da frente abriu com tanta força que sacudiu a casa inteira, e ele chamou a Mãe, gritando da entrada.

"Ah, como você é bom, querido!", exclamou Mamãe, "mas também, que desnecessário. Claro que elas vão adorar. Mas gastar todo esse dinheiro! Você não deveria ter feito isso, querido Papai! Elas já tinham esquecido completamente. E o que é isso?

Meia coroa?", disse Mamãe. "Não! Dois xelins, entendi", ela se corrigiu rapidamente, "para gastar. Meninas! Meninas! Desçam!"

Elas desceram, Phyllis e Silvia à frente, Susannah mais atrás. "Vocês sabem o que o Pai fez?" E a Mãe levantou a mão. O que ela segurava? Três bilhetes cor de cereja e um verde. "Ele comprou ingressos para vocês. Vocês vão para o circo, nessa mesma tarde, todas vocês, com a Srta. Wade. O que vocês têm a dizer a respeito?"

"Ah, Mamãe! Adorável! Adorável!", gritaram Phyllis e Sylvia.

"Não é?", disse a Mãe. "Corram para cima. Corram e peçam à Srta. Wade para aprontá-las. Não demorem. Lá para cima! Todas vocês."

Phyllis e Sylvia subiram correndo, mas Susannah ficou onde estava, aos pés da escada, com a cabeça abaixada.

"Vá com elas", disse a Mãe. E o Pai disse bruscamente: "Que diabos há de errado com a menina?"

O rosto de Susannah estremeceu. "Eu não quero ir", ela sussurrou.

"O quê? Não quer ir à Exposição? Depois do seu Pai – sua criança malcriada, ingrata! Ou você vai para a Exposição, Susannah, ou terá que ir para a cama agora mesmo."

A cabeça de Susannah abaixou-se mais, mais ainda. Todo o seu corpinho inclinou-se para a frente. Era como se ela fosse fazer uma reverência, uma reverência até o chão, diante do seu amável e generoso Pai, e implorar por seu perdão...

SEGUNDO VIOLINO

Uma fria manhã de fevereiro, com muito vento, nuvens gélidas correndo pelo céu pálido e campânulas brancas à venda nas ruas cinzentas. As pessoas pareciam pequenas e encolhidas, movendo-se rapidamente; pareciam amedrontadas, como se tentassem se esconder dentro de seus casacos de algo enorme e brutal. As portas das lojas estavam fechadas, os toldos estavam recolhidos e os policiais nos cruzamentos eram feitos de chumbo. Imensos vagões vazios passavam sacudindo-se, fazendo um som oco; e um cheiro de fuligem e degraus úmidos de pedra pairava, um odor rústico, encardido...

Jogando mais uma vez o pequeno cachecol sobre o ombro e segurando seu violino, a Srta. Bray corre para o treino da orquestra. Ela está ciente de suas mãos frias, do seu nariz frio e dos pés mais frios ainda. Ela não sente os dedos dos pés. Eles são pequenas placas de frio indeterminadas, como os pés das bonecas chinesas. O inverno é uma época horrível para as pessoas magras – horrível! Por que ele tem que encurralá-las, prendê-las, preocupá-las tanto? Para variar, por que não tenta abocanhar, tenta morder as pessoas gordas, que nem sequer perceberiam? Mas não! É o brilhante, cálido e gracioso verão que faz da vida dos gordos uma tristeza. O inverno é para os magrelos...

Costurando o caminho como uma agulha, para todo lado, ia a Srta. Bray, sem pensar em nada além do frio. Acabara de sair da sua cozinha, que era muito confortável pela manhã, com o fogareiro aceso para o café da manhã e a janela fechada. Ela tinha tomado três xícaras grandes de chá fervente. Claro, elas deveriam tê-la aquecido. Sempre se lê nos livros sobre pessoas revigoradas e acalentadas por uma única xícara. E ela tomou três! Como ela adorava o seu chá! Gostava cada vez mais dele. Mexendo a xícara, a Srta. Bray olhou para baixo. Um pequeno sorriso afetuoso separou seus lábios e ela suspirou gentilmente: "Adoro meu chá."

Mesmo assim, apesar do que os livros diziam, ele não a aqueceu. Frio! Frio! E agora, ao virar a esquina, tomou uma rajada de ar frio e úmido tão forte que seus olhos lacrimejaram. Cain-in-in, um cachorrinho ganiu; parecia ter se ferido. Ela não teve tempo para olhar ao redor, mas esse ganido alto e brusco a acalmou, a reconfortou. Ela bem que poderia ter feito o mesmo barulho.

E aqui está o Conservatório. A Srta. Bray empurrou com toda a força a porta dura e temperamental, espremeu-se através da entrada coberta de avisos desbotados e programas de concertos, subiu as escadas empoeiradas e percorreu o corredor até o camarim. Pela porta aberta ecoaram uma gargalhada aguda e vozes tão altas e indiferentes que pareciam estar encenando uma peça no interior. Era difícil acreditar que as pessoas não estivessem rindo e falando dessa forma... de propósito. "Com licença – perdão – desculpem-me", disse a Srta. Bray, abrindo caminho e olhando rapidamente ao redor da salinha sombria. Suas duas amigas ainda não tinham chegado. Os Primeiros Violinos estavam lá; uma garota de rosto largo, sonhadora, apoiava-se no seu Violoncelo; duas Violas sentavam-se em um banco, curvadas sobre uma partitura e a Harpa, uma pessoa pequena e cinzenta que só vinha de vez em quando, inclinava-se em um banco, procurando o bolso da anágua...

"Tenho uma série de três, seu pato", disse Ma, "mais um par de rainhas dá oito, e mais um para o palerma dá nove."

Com um gemido surdo e medonho, Alexander, curvando seu dedo mínimo, mostrou nove para Ma. E ela disse: "Espere um pouco, espere um pouco", arrebatando com suas mãozinhas ligeiras as outras cartas. "A partida é minha, meu jovem!" Ela espalhou as cartas, reclinou-se, ajeitou seu xale e inclinou a cabeça para o lado. "Hmmm, nada mal! Uma sequência de quatros e um par!"

"Enganado! Enganado!", chiou Alexander, curvando sua cabeça morena sobre a mesa do jogo, "e por uma muu-lher." Suspirou profundamente, embaralhou as cartas e disse para Ma: "Corte para mim, meu amor!"

Apesar de, claro, ele estar apenas brincando, como fazem todos os jovens cavalheiros profissionais, algo no tom em que ele disse "meu amor" assustou Ma. Seus lábios tremiam quando ela cortou as cartas e ela sentiu uma pontada repentina ao olhar para aqueles dedos finos e longos dando as cartas.

Ma e Alexander jogavam cartas na cozinha do porão do número 9 da rua Bolton. Era tarde, onze horas, e, além disso, um domingo à noite – que escândalo! Sentavam-se à mesa da cozinha, coberta com um pano de sarja surrado e manchado com cera de vela. Em um canto havia três copos, três colheres, um pires com cubinhos de açúcar e uma garrafa de gim. O fogão ainda estava aceso e a tampa da chaleira começava a levantar-se, cuidadosamente, furtivamente, como se alguém em seu interior desse uma espiadela e voltasse para dentro novamente. No sofá de crina de cavalo na parede da porta, o dono do terceiro copo dormia, roncando levemente. Talvez porque estivesse de costas para eles, talvez porque seus pés aparecessem além do sobretudo que o cobria, ele parecia lastimável, patético e os longos cabelos claros sobre seu colarinho pareciam lastimáveis e patéticos também.

"Muito bem, muito bem", disse Ma, suspirando ao descartar duas cartas e arrumar as outras como um leque, "assim é a vida. Mal imaginava quando o vi de manhã que jogaríamos juntos esta noite."

"Caprichos do destino", murmurou Alexander. Mas, na verdade, não era motivo de piada. Por um azar dos infernos, hoje de manhã ele e Rinaldo perderam o trem onde toda a companhia viajava. Isso já seria azar o bastante. Mas como é domingo, não haveria outro trem até a meia-noite, e como eles têm um ensaio geral às dez horas da segunda-feira, ou pegavam esse trem ou pegavam o que a companhia chama de olho da rua. Por Deus, que dia! Eles deixaram a bagagem na estação e voltaram para a casa de Ma e para o quarto desleixado do Alexander, com a cama desarrumada e goteiras para todo lado. Rinaldo passou o dia todo sentado em um lado da cama, balançando sua perna, jogando cinzas no chão e dizendo: "Fico imaginando o que nos fez perder o trem. Muito estranho termos perdido o trem. Aposto que os outros também estão se perguntando por que perdemos o trem". E Alexander ficou ao lado da janela olhando para o pequeno jardim, tão enegrecido pela sujeira que até mesmo o velho gato magricela vinha tentar arranhá-la, revoltado pelo seu estado. Foi só depois de Ma ter visto sua última visita dominical...

Impressão e Acabamento
Gráfica Oceano